ŒUVRES DE PAUL FÉVAL

À LA PLUS BELLE

ALBIN MICHEL, ÉDITEUR

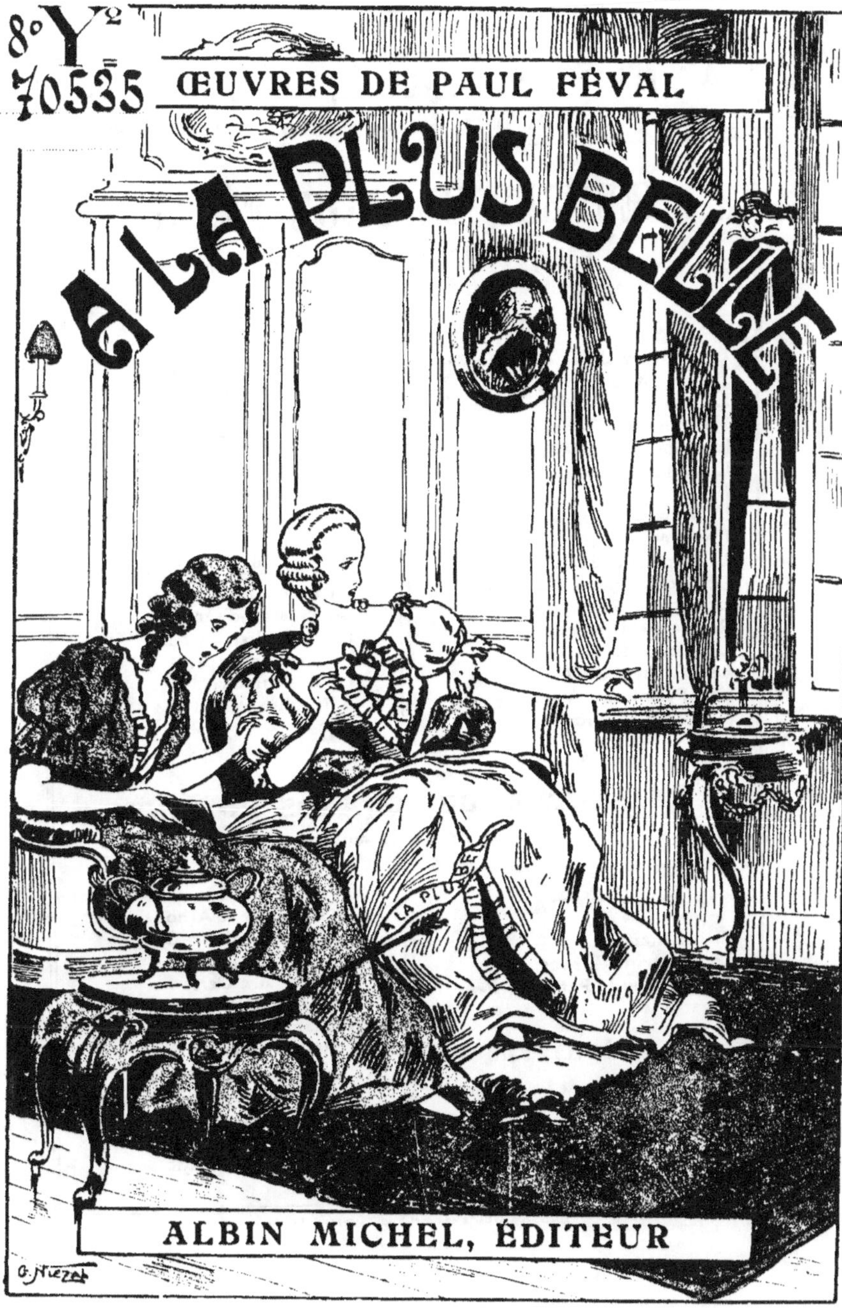

ALBIN MICHEL, ÉDITEUR

PARIS - 22, RUE HUYGHENS, 22 - PARIS

ŒUVRES DE PAUL FÉVAL

Seule édition revue et corrigée

COLLECTION DES GRANDS ROMANS

à 3 fr. 50 le volume

PARIS — Imp. RAMLOT et Cⁱᵉ, 52. avenue du Maine. — 1925.

A LA PLUS BELLE

SEULE ÉDITION DES ŒUVRES DE

PAUL FÉVAL

SOIGNEUSEMENT REVUES ET CORRIGÉES

PAUL FÉVAL

A LA
PLUS BELLE

ALBIN MICHEL, ÉDITEUR
PARIS — 22, RUE HUYGHENS, 22 — PARIS

A LA PLUS BELLE

I

LA RANCE

J'avais un frère aîné qui était un saint ici-bas. Il marchait doux et ferme dans la vie. Dieu lui avait donné d'amères tristesses. Il adorait la volonté de Dieu. Que de fois pourtant je vis sa tête, chauve avant l'âge, s'incliner sous le poids des découragements mystérieux !

J'étais enfant lorsqu'il pensait déjà, c'est-à-dire, hélas ! alors qu'il souffrait. Je m'étonnais de voir la gaîté vive succéder en lui brusquement à de longs silences où son regard distrait s'était baigné dans le vide. Il riait de si grand cœur ! Un homme peut-il être triste et gai? heureux et à la fois malheureux? Pauvre frère ! ami si cher ! la mort l'a pris et je ne l'ai pas vu à sa dernière heure.

Je vins, une nuit d'hiver, à Saint-Malo, la ville lugubre et parcimonieuse où pas une goutte d'huile (1) n'est dépensée à éclairer le passant qui s'égare : je vins, cherchant dans les ténèbres la maison de mon frère. Jadis, quand j'arrivais, savais-je si la ville avare et marchande était ou non éclairée? mon frère était là qui m'attendait et qui me conduisait au logis.

Cette fois personne !

(1) Il y a longtemps maintenant que Saint-Malo est éclairé au gaz comme tout le monde.

Et je pense que j'étais complice du hasard qui m'égarait dans les rues. Je fuyais d'instinct la maison où il n'était plus.

Oh ! notre mère en larmes, mes sœurs pâles et les pauvres enfants habillés de deuil ! Dans le salon, quand on me vit, ce fut un grand gémissement.

Auguste, notre pauvre ami ! notre frère bien-aimé ! l'honneur et la joie de la famille !... Ma mère m'embrassa et me montra le Ciel.

Sur les bords de la Rance, la rivière enchantée, nous allions tous deux bien souvent. C'était un marcheur intrépide. Il aimait la grande route, et je ne le vis jamais si heureux que les matinées de voyage, quand nous tournions le dos à Saint-Malo, ce lourd paquet de maisons marchandes où manquent l'eau douce et l'air libre.

La Rance et les grèves du mont Saint-Michel, la route de Châteauneuf et la digue de Dol, c'étaient ses amours. Quand il était là, tête nue, les souliers poudreux, la sueur au front, il revivait. Sa gaîté revenait toute jeune.

Ces pages, inspirées par les lieux qu'il aimait : les belles rives de la Rance, le splendide horizon des grèves ; ces pages où passeront les impressions qui nous étaient communes, sont à lui plus qu'à moi.

C'est pour cela que son nom chéri est tombé malgré moi de ma plume sur la première de ces pages.

La rivière de Rance à sa source vers le bourg de Saint-Jacut-en-Terre, dans les Côtes-du-Nord. Au-dessus de Dinan, ce n'est guère qu'un ruisseau. Au-dessous de Dinan, elle s'élargit brusquement. A la plaine de Saint-Suliac, elle devient si grande, que la Loire et la Seine passeraient ensemble dans son lit sans trop se coudoyer.

Il est vrai de dire que la plaine de Saint-Suliac est déjà plutôt une grève qu'une rivière, car la marée s'y fait sentir comme en rade.

A mer haute, c'est un beau lac entouré de collines harmonieuses, et dont les vagues viennent baigner les baies blanches du rivage. Du côté de l'Ille-et-Vilaine, la rive s'encaisse et se

festonne, creusant au fleuve des réduits profonds que surplombent les falaises rocheuses.

Il n'est pas rare de trouver sous ces hautes murailles cal-
caires des habitations, grises comme la coquille d'une huître,
qui se collent au roc, derrière l'abri d'une petite jetée en pierres
sèches. On ne les aperçoit point des bords de la falaise, mais le
feu de tourbe et de bois charrié qui brûle lentement dans l'âtre
envoie sa noire fumée et révèle l'existence de ces amphibies
humains.

Çà et là un moulin, aménagé pour tourner aux flux et retourner au reflux, chante ses trois notes plaintives. Dans le petit
parc marneux qui l'entoure, des oies fouillent la fange et laissent
leurs restes aux canards, ces parias de la race palmipède.

Au milieu de la rivière, il y a une île verte habitée par les
alouettes de mer. Cette île, jolie comme une jolie page de Bernar-
din de Saint-Pierre, donne raison à la poésie du xviiie siècle.
Néanmoins il y manque les chers peupliers, la grotte et le tombeau d'un sage, ami de l'*Être suprême*, mais ne connaissant pas
le bon Dieu.

De nos jours, cette belle et sereine rivière est sillonnée de
mille embarcations. Les *gabares* des riverains, sortes de barges
à quille non pontées, mettent leur voile brune au vent dès qu'il
y a une corde de bois, trois douzaines d'œufs et une couple de
poulets à la ferme. Les bateaux de plaisance louvoient et jouent ;
les barques de pêcheurs traînent le lourd chalut au fond de l'eau ;
enfin, par un gai soleil, le paquebot *le Dinannais* déroule les
longs anneaux de sa fumée sombre ou bleue, agite ses deux na-
geoires dans l'écume, et glisse, rapide comme une flèche, em-
portant pleine cargaison d'Anglais ennuyés. Là-bas, à l'arrière,
voici miss Anna, la poétique enfant, qui trempe son quator-
zième biscuit dans son huitième verre de madère. Encore pré-
fère-t-elle le sherry, cette diaphane et frêle créature !

Au temps où va se passer notre récit, il n'y avait sur la Rance
ni bateaux à vapeur, ni Anglais. Quant à miss Anna, elle n'était
pas encore poitrinaire. Miss Anna n'est poitrinaire que depuis
l'époque où John Jonhson de Johnson-House, son *daddy*, (papa)

a cessé de labourer la terre ou de porter ia balle, pour gagner une douzaine de millions à fabriquer des petits couteaux.

John Johnson, esq., sa fille Anna, son fils sir John Johnson, M.. P.., lady Bridget Johnson, femme de sir John, et l'honorable Johnnie Johnson, leur enfant de quatre ans, tout cela sent le Strand à plein nez, le Strand moderne, le gaz, la houille, la vapeur, l'apoplexie, le thé-panacée, le caoutchouc, le spleen, l'horrible odeur de Londres au xixe siècle.

La Rance est la rivière des Anglais. Depuis Saint-Servan jusqu'à Dinan, vous ne voyez que blancs cottages où Johnson, esq., Davidson, esq., Stevenson, esq., Anderson, esq., etc., engraissent, rougissent et dorment auprès de miss Anna, qui maigrit et pâlit.

J'ai vu inscrit sur la porte d'un cabaret ce brutal témoignage de la conquête : INGLICHE SPAUQUIRE *(English spoken here)*.

Miss Anna donne des bibles presbytériennes aux petits enfants. John Johnson, esq., a appris au postillon de Château-neuf ces contorsions bizarres de l'écuyer anglais qui semble souffrir de la colique incurable. Lady Margaret Fitfullikankrie, du château de Screw, auprès de Clackgmannan, trouvant ce nom de Châteauneuf trop difficile à prononcer, l'appelle *Tchê-tiouniou*, et sourit comme savent sourire les Anglaises qui avaient toutes leurs dents lors de la jeunesse du dieu Weilington.

La Rance est une rivière perdue.

En 1469, la Rance était une rivière bretonne de la source à l'embouchure. Elle était aussi belle qu'aujourd'hui, avec les grandes forêts de ses coteaux, les manoirs sombres, demi-cachés derrière les chênes et les flottilles qui glissaient au reflux pour approvisionner le marché de Saint-Malo.

Le manoir du Roz était situé à l'extrême sommet de la montagne qui suit immédiatement Châteauneuf dans la petite chaîne formant comme l'arête des côtes bretonnes. Cette colline est plus haute que celle de Châteauneuf. Sa croupe méridionale descend à la Rance. Du côté du nord-est, son

autre pente ondule au loin et va rejoindre le marais de Dol,
au-dessus de la mare Saint-Coulman.

Au xve siècle, depuis le sommet de la montagne jusqu'au
pays plat, c'était comme une forêt, tant les arbres de haute
venue abondaient alentour. Le manoir s'élevait au centre d'une
esplanade découverte, terrain de lande, formant une pelouse
maigre et rase comme un tapis.

Le manoir était une grande maison de structure irrégulière,
basse d'étage, avec des toits énormes. Le corps de logis se
flanquait de deux ailes inégales, dont l'angle rentrant était armé de deux tourillons symétriques, placés comme des gonds à
l'articulation d'une porte. Trois autres petites tours, une à
droite, deux à gauche, terminaient la saillie des ailes.

Cette disposition pittoresque et en quelque sorte fanfaronne,
exagérait, de loin, l'importance du manoir du Roz, et lui
donnait une physionomie de place forte. Mais, en réalité, à part
les murs de la cour et les meurtrières de parades percées aux
flancs des tourillons, il n'y avait aucun moyen de défense.
L'esplanade, presque circulaire, était fermée par une haie de
houx taillés qui valait trois fois la meilleure des grilles. Elle
s'étendait surtout vers le nord, où son plan fléchissait en une
sorte de ravin pierreux et nu.

De ce côté, au-delà de houx robustes qui formaient la haie
centenaire, c'était un pêle-mêle d'arbres de toute taille et de
toutes essences, venus là comme le hasard les avait semés.
Le pin agitait ses branches poilues au vent vif de la rivière,
entre les chênes tordus et les magnifiques châtaigniers. Le
hêtre arrondissait ses attaches fermes, dont les contours ré-
veillent l'idée de la beauté humaine, parmi les troncs flexibles
des frênes. L'écorce blanche des bouleaux tranchait çà et là
dans l'ombre. Le tremble frissonnait comme un vieillard frileux
dont les cheveux grisonnent. Le charme au feuillage opulent
cachait ses branches cagneuses sous sa verdure et jetait un
brillant manteau de feuillée sous ses pousses difformes. Tout
cela était riche, vigoureux, prodigue.

En tournant vert l'est, on trouvait des guérets qui descen-

daient du vallon de Châteauneuf. Au sud, une autre forêt, coupée de champs et de prairies, étageait ses groupes d'arbres qui
se détachaient vivement et semblaient bondir sur la pente. A
l'ouest, enfin, s'étendait la lande montueuse où passe maintenant la route de Saint-Malo.

La vue était libre aux quatre aires de vent. Rien ne la bor-
nait, sinon la ligne lointaine et parfaitement circulaire de
l'horizon, ce qui est rare en Bretagne, où les aspects tendent
partout à se concentrer. On voyait le cours de la Rance avec ses
îles riantes et la dentelle capricieuse de ses rives; on voyait
Dinan, la ville charmante, et Châteauneuf, le site qui n'a pas
son pareil à dix lieues à la ronde. Saint-Jouan des Guérets
montrait à l'opposite sa flèche lourde. Du côté du Marais on
découvrait Saint-Méloir des Ondes, l'Islemer, Dol, Pleines-
Fougères, vingt autres bourgs et villages, le profil de Cancale,
et, à perte de vue, derrière les vapeurs légères, le fantôme voilé
du mont Saint-Michel.

En cette année 1469, François II régnait en Bretagne,
Louis XI gouvernait la France, Édouard IV tenait le trône
d'Angleterre, et Charles le Téméraire avait succédé depuis
deux ans à son père Philippe, duc de Bourgogne. Il y avait
huit ans que Louis XI était roi: les premiers obstacles de son
règne glorieux à force d'être laborieux étaient surmontés.
Louis XI avait brisé la ligue du Bien public; Louis XI était
sorti sain et sauf du château de Péronne, où la lourde main
du Bourguignon avait pesé un instant sur son épaule; Louis XI
avait réduit à l'obéissance le duc de Berry, le comte de Charo-
lais et le duc de Bourbon; Dunois, vieillard, cherchait un refuge
à la cour de Bretagne; Édouard IV, payé, restait en paix; la
Castille et l'Aragon envoyaient à Paris des gages d'alliance;
l'Allemagne, occupée à ses discordes intestines, restait neutre.

Louis XI respirait. Son repos n'était pas un sommeil.
Louis XI, en reprenant haleine, taillait de la besogne à ses
voisins. Il regardait à l'est la Bourgogne, à l'ouest la Bretagne,
deux nobles contrées, et il se disait : « Tout cela est à moi, parce
que tout cela est la France ».

Le duc de Bourgogne était un prince de méchante humeur, qui rendait trois coups de massue pour un coup de gaule : Louis XI le laissa de côté jusqu'à voir ; François de Bretagne, au contraire, avait un tempéramment pacifique, Louis XI se tourna un matin vers le Mont Saint-Michel, cette abbaye-forteresse qui domine la côte de Bretagne ; il se souvint à propos d'une grande dévotion qu'il gardait depuis son enfance à l'archange vainqueur du dragon, et d'un vœu qu'il avait pu faire autrefois.

Il dit à maître le Dain, son barbier, au château du Plessis, où il faisait sa résidence :

— Je partirai demain pour le pays normand. La renommée affirme qu'on voit chaque année cent mille pèlerins agenouillés devant l'image de saint Michel archange ; le roi de France en veut grossir le nombre.

Le roi de France voulait surtout regarder de plus près la Bretagne. Le roi de France avait aussi l'idée de placer sous l'invocation de saint Michel son nouvel ordre de chevalerie, une machine de guerre qu'il avait inventée pour serrer le mors aux vassaux trop fougueux.

Laissons le roi Louis XI quitter les bords enchantés de la Loire et chevaucher le long des guérets normands. Allons l'attendre en Bretagne, en ce bon manoir du Roz, qui avait une si belle vue et qui faisait face au mont Saint-Michel.

C'était au mois d'août. Le cadran solaire aux lignes presque effacées, qui présentait son triangle pointu au midi du manoir, marquait dix heures. Au beau milieu de l'esplanade se dressait une *quintaine* ou mannequin de bois, tournant sur un pivot. Cette quintaine figurait grossièrement un Anglais qui tenait à la main un fort bâton de cormier. Le bois du mannequin était lourd et massif ; le pivot, fraîchement huilé, jouait le mieux du monde, en sorte que le moindre effort faisait tourner la quintaine, qui lançait à l'aveugle de beaux coups de bâton.

Deux cavaliers étaient là qui s'escrimaient contre elle : un soldat qui avait atteint l'âge viril, et un adolescent dont la lèvre s'ombrageait à peine de ce duvet follet, précurseur de la moustache.

L'adolescent était gracieux de visage et de corps. Sa taille souple et un peu frêle ondulait aux bonds du généreux cheval de guerre qu'il montait. Il portait déjà l'armure comme il faut; des bords de son casque s'échappait une abondante chevelure brune à reflets châtains; ses grands yeux bleus pétilaient d'audace et de gaieté.

L'homme d'armes qui semblait diriger ses exercices était remarquablement beau; il paraissait avoir trente et quelques années; son teint était brun, ses cheveux blonds, presque aussi épais que ceux de l'enfant, se frisaient en boucles plus courtes. Une moustache blonde aussi et fine comme de la soie rabattait ses deux longues mèches en passant par-dessus la mentonnière du casque.

Quand l'or efféminé de ces molles chevelures encadre un visage mâle bruni par le soleil des batailles, c'est un effet imprévu, un contraste étrange: cela produit une beauté riche et fière qui fait rêver aux récits chevaleresques. Grave et un peu triste qu'elle était, la figure de l'homme d'armes exprimait une franchise naïve, une bonté sans bornes et cette simplicité loyale qui accompagne, bien plutôt qu'elle n'exclut la véritable intelligence.

Il était plus grand que l'adolescent. Sous l'armure, tous ses mouvements avaient une si merveilleuse aisance, que le fer de ses brassards semblait élastique et doux comme la moelleuse étoffe du vêtement des châtelaines. Il s'asseyait d'aplomb sur son robuste cheval, trouvant la grâce sans la chercher, et offrant à son insu, peut-être, le plus admirable type de ces superbes combattants que le canon naissant et déjà vainqueur allait réduire à l'impuissance.

Les exercices de l'adolescent et de l'homme d'armes avaient deux spectateurs, quatre spectateurs, dirions-nous, s'il est permis d'appliquer ce substantif à de nobles animaux comme Ferragus et Dame-Loyse, lévriers de race.

Ferragus et Dame-Loyse gambadaient sur le tertre, le lévrier était fauve, avec une croix blanche entre les deux oreilles : la levrette était noire, sans tache; elle avait un père illustre, Maître-Loys, lévrier noir du pays de Saint-Brieuc, qui avait fait autrefois l'admiration de la cour de Bretagne.

Les deux autres spectateurs, ou mieux spectatrices, n'étaient point sur l'esplanade. A la façade du château qui regardait cette partie du tertre et que le soleil ne frappait point encore, on voyait deux fenêtres ouvertes. A chacune de ces fenêtres une femme se tenait.

La posture d'une femme n'est jamais un détail indifférent. C'est en général quelque chose d'éloquent, à ce point que dix pages d'explications n'en pourraient dire si long qu'un simple croquis. La première et la plus âgée de ces femmes était franchement accoudée sur le petit balcon de fer qui défendait la croisée principale; celle-là n'avait rien à cacher. Mais l'autre femme, femme tout au plus, enfant plutôt, et jolie ! se reculait dans l'ombre de son embrasure et donnait toute son attention à une belle broderie de liane à fils d'or, qu'elle avait sur le métier.

La dame du balcon était jeune encore et charmante : un visage doux, fier et mélancolique; mais les cheveux abondants qui tombaient en bandeaux renflés à la berthe, le long de ses joues un peu amaigries, étaient tout blancs. On disait que les beaux cheveux de madame Reine avaient ainsi blanchi en une seule nuit, la nuit où elle reçut la nouvelle de la mort de messire Aubry de Kergariou, son chevalier.

La jeune fille à la broderie avait au contraire des cheveux de jais sur un front blanc comme le col des cygnes.

Madame Reine contemplait l'adolescent de tous ses yeux et souriait de ce sourire à la fois triste et heureux des mères veuves.

Jeannine, la gentille brunette, s'occupait bien sagement de sa broderie, et c'était d'un œil sournois et malin qu'elle regardait le bel adolescent chevauchant sur la pelouse.

II

LA QUINTAINE

L'homme d'armes et son élève avaient déjà fait nombre de passes, car les cheveux de l'adolescent étaient baignés de sueur.

— Allons, messire Aubry, dit l'homme d'armes, voici madame Reine qui vous regarde ! N'avez-vous point de honte? vous n'avez touché l'Anglais que deux fois... encore l'Anglais vous a-t-il appliqué deux bons coups de gaule !

Messire Aubry rougit un peu. Il envoya de la main un baiser tendre et respectueux à sa mère, qui lui souriait et qui était trop loin pour entendre ce que l'homme d'armes disait à voix basse.

Jeannine, la brunette, devint toute rose.

Je ne sais comment le baiser respectueux et tendre s'était divisé en chemin, mais Jeannine la brunette baissa vivement sa jolie tête sur sa broderie, comme si elle en eût reçu la moitié.

— Mon ami Jeannin, répliqua Aubry d'un ton presque aussi obéissant que s'il eût parlé à son père, quand vous aviez dix-huit ans, vous valiez déjà mieux que moi, j'en ferais la gageure; mais vous ne portiez pas la lance comme aujourd'hui. J'ai idée, d'ailleurs, que si ce coquin était un Anglais de chair et d'os, je serais moins maladroit de beaucoup.

Ils revenaient au pas, côte à côte, pour prendre du champ. Jeannin, l'homme d'armes, se prit à rire.

— Quand j'avais dix-huit ans, messire Aubry, dit-il, je ne

portais point de lance. J'avais un long bâton avec une corne
de bœuf au bout pour pêcher dans les sables du mont Saint-
Michel. Au lieu de cuirasse, j'avais une peau de mouton pelée
et un petit bissac : on disait que j'étais plus poltron que les
poules !.. et je ne devins brave que le jour où Simonnette,
ma femme, qui est une sainte au paradis maintenant, me dit :
Jeannin, je t'aimerai si tu deviens un homme de cœur !

A la dérobée, messire Aubry jeta un regard vers la fenêtre
où était la brodeuse.

— Donc, ajouta Jeannin sérieusement, ne vous réglez pas
sur moi qui suis un vassal, mon jeune sire; vous avez d'autres
exemples à suivre. A dix-huit ans, le chevalier Aubry de
Kergariou, votre cher et digne père, était déjà la meilleure
lance de Porhoët : voilà ce qu'il ne faut point oublier.

La figure du jeune homme se rembrunit. Il fit volte-face
brusquement au bout de la carrière et mit sa lance en arrêt.

— Gronde-moi, Jeannin, gronde-moi, murmura-t-il; je
suis un homme par la taille et j'ai des bras d'enfant ! Il faudra
bien pourtant que mon père soit vengé !

Ses talons s'écartèrent pour piquer. Jeannin l'arrêta.

— Messire, dit-il, vous avez le cœur et le bras d'un gentilhomme; mais Dieu vous a donné un pauvre instituteur.

— Qui? toi, Jeannin? s'écria Aubry en le regardant avec
ses yeux brillants; un pauvre instituteur ! Sur mon Dieu ! Je
t'ai vu à la besogne, ami, et je ne connais pas un chevalier, tu
m'entends bien, un chevalier ! que je voulusse prendre pour
maître à ta place !

Il parlait avec chaleur.

— Ta main, mon ami Jeannin ! reprit-il. Gronde-moi va,
gronde-moi, mais ne me dis plus que j'ai en toi un pauvre
instituteur, car je me fâcherais !

L'homme d'armes serra avec émotion la main qu'on lui
tendait.

Aux fenêtres, madame Reine et la fillette aux cheveux
noirs regardaient curieusement cette scène. Madame Reine
agita son mouchoir.

— Ferme sur les étriers ! commanda Jeannin ; tenez la lance lâche jusqu'à ce qu'elle ait pris l'équilibre, et serrez au moment de l'attaque. Faites bien attention que le coup baisse toujours et tourne en dehors par le mouvement de la hanche. Visez au col pour la poitrine et au sein gauche pour le creux de l'estomac... Allez, messire !

Aubry piqua des deux. Pendant que son cheval prenait le galop, madame Reine souriait et l'admirait ; car il avait, en vérité, belle mine. Jeannine avait quitté sa broderie et se haussait un peu pour mieux voir.

Aubry avait la lance couchée, la tête inclinée sur la crinière de son cheval, la main gauche à la bride, les jambes roidies sur les étriers.

— Allez ! allez ! criait Jeannin qui suivait au trot ; préparez-vous à volter, car vous allez manquer votre coup !

— Et pourquoi manquerait-il son coup, le cher enfant ? se disait madame Reine. Jeannin est trop sévère !

— L'Anglais va lui donner un maître coup de gaule ! pensait la brunette. Pauvre messire Aubry !

La quintaine renversait légèrement son pivot en arrière, afin de rendre possible ce beau coup de lance, qui consistait à enlever le mannequin à la course et à le jeter hors des gonds comme un chevalier désarçonné. Cette inclinaison faisait que les coups de bâton portaient généralement à la tête du coureur ; le casque, en ces occasions, n'était pas inutile.

Sur la peinture sombre du mannequin, une ligne blanche était tracée qui partait du front, suivait le nez et descendait jusqu'au bas du torse en coupant partout le centre de gravité. Si la lance du coureur touchait cette ligne blanche, le mannequin restait immobile. Mais si la lance portait à droite ou à gauche de la ligne, le mannequin virait tout naturellement avec d'autant plus de force que le coup s'écartait davantage de la ligne et pesait sur un levier plus long.

Au dernier commandement de Jeannin, Aubry retint la bride d'instinct et trop tôt. Son cheval obéit au mors et dévia. La lance d'Aubry vint frapper la quintaine en

2

dedans. La quintaine vira, et la gaule sonna sur l'acier de son casque.

Aubry chancela, tout étourdi, tant le coup était bien appliqué.

— Es-tu blessé? cria madame Reine qui trembla.

La brunette reprit sa broderie en haussant les épaules. Aubry la vit et ce fut un grand crève-cœur, car il devint tout pâle.

— Non, non, ma mère, répondit-il, je ne suis pas blessé. Ce n'est pas le coup de bâton de l'Anglais qui m'a fait le plus de mal !

— Qu'est-ce donc, enfant? dit madame Reine.

Aubry ne répondit pas cette fois. Son regard rencontra l'œil noir de Jeannine qui se levait sur lui furtif et repentant.

— Allons ! messire ! s'écria l'homme d'armes; prenez du champ et fournissez une autre course !

Aubry était piqué vivement. Il lui fallait sa revanche. Certes, son grand désir de toucher juste lui venait en partie de la présence de sa mère. Mais une bonne moitié de ce désir, soyons franc, les trois quarts et peut-être un peu plus, se rapportaient à la gentille brodeuse.

Une moqueuse pourtant, qui avait haussé les épaules sans pitié !

Une sournoise, qui se cachait, pour rire, derrière l'épais rideau de laine drapé au coin de la croisée !

Oh ! que messire Aubry la détestait !

— Jeannin, mon ami, dit madame Reine à sa fenêtre, songez je vous prie, que mon fils relève des fièvres, et ne le fatiguez pas.

— Je suis à vos ordres, noble dame, répliqua l'homme d'armes en saluant; quand vous me direz : Assez ! nous finirons.

— Eh ! Jeannin, mon ami ! s'écria la châtelaine avec un mouvement d'impatience, nous savons bien que vous ne donnez point ces leçons à messire Aubry pour votre plaisir !

Jeannin la regarda étonné.

— Vous vous trompez, noble dame, dit-il avec respect;
c'est bien pour mon plaisir que je suis à cheval auprès du fils
de mon maître !

Il salua une seconde fois et rejoignit l'adolescent qui était
déjà loin.

Madame Reine était toute pensive.

Reine de Maurever, veuve de messire Aubry de Kergariou,
chevalier, seigneur du Roz, de l'Aumône et de Saint-Jean des
Grèves, n'était point une tête légère tournant à tous vents et
ne pouvant donner aux petits mystères de sa conduite d'autre
explication que sa fantaisie. C'était un excellent et digne
cœur. Elle avait été le modèle des épouses; elle était la meilleure des mères.

Dix-huit ans auparavant, au temps où le duc François de
Bretagne expiait par la mort le meurtre de son frère Gilles,
Reine de Maurever avait au front tout ce que la poésie et la
beauté peuvent mettre de couronnes. La jeunesse de Reine
avait été un roman hardi et pieux; son père et son fiancé,
proscrits tous deux, lui avaient dû tous deux leur salut. Elle
allait, dans ce temps, aimante et bien-aimée, du cachot où
languissait son fiancé au rocher désert où le vieux chevalier
Hue de Maurever avait faim. Les bonnes gens du mont, la
voyant seule contre tous braver la mer, les sables mouvants
des tangues et les hommes d'armes qui faisaient la chasse
humaine avec des lévriers cruels, les bonnes gens disaient
qu'elle glissait, la nuit, sur un rayon de lune, comme la Fée
des Grèves, dont ils lui avaient donné le nom.

Reine avait alors seize ans, elle était plus vaillante encore
que jolie.

Plus tard, elle devint dame de Kergariou, et quel charme
nouveau lui apporta le sourire des jeunes mères !

Maintenant, le fils de Reine porte la lance. Reine est jeune
encore; elle est toujours jolie, et cette neige légère qui couronne
son front sans rides adoucit l'azur foncé de ses yeux. Est-ce
bien cependant la Reine d'autrefois?

On dit que dans les pays du soleil certains arbres portent

en même temps leur fleur naissante et leur fruit mûr, mais rien de pareil ne se voit en notre Bretagne. On y est fleur ou fruit.

Quand Reine eut suivi un instant de l'œil la retraite de Jeannin, le beau et vaillant soldat, son regard se tourna rapide, presque méchant, vers la partie de la façade où s'ouvrait cette seconde croisée, la croisée de la brodeuse aux yeux noirs.

On ne la voyait nullement, la gentille Jeannine. Elle était bien cachée pour madame Reine. Mais madame Reine la devinait à travers l'épaisse saillie de pierre. Et les sourcils délicats de madame Reine se fronçaient malgré elle, parce que le fils unique du chevalier Aubry ne pouvait pas épouser une vassale.

Voilà pourquoi Mme Reine avait parfois des mouvements d'impatience lorsqu'elle parlait à ce bon, à ce loyal, à ce brave Jeannin.

Jeannin, qui s'appelait alors le petit Jeannin, pêcheur de coques dans les sables, avait été le bras droit de Reine au temps où elle était la Fée des Grèves, Jeannin avait aidé messire Aubry de Kergariou, le père, à vivre et à mourir. Depuis lors, Jeannin veillait sur l'orphelin comme une seconde providence. Mme Reine savait tout cela; elle n'était point ingrate. Elle aimait Jeannin; elle aimait aussi Jeannine, la gentille fillette. Mais elle était mère et vous ne trouverez point de femme qui garde ce facile cœur de seize ans après sa trentième année.

Saurait-on, cependant, assez excuser et chérir ces femmes esclaves de leur admirable devoir, qui sont mères jusqu'au bout des ongles et s'isolent dans l'égoïsme du sentiment maternel? Nous les suivons dans la vie, d'un œil attendri; elles ont en effet tout oublié, excepté la grande passion de la famille; elles sont mortes au *moi* humain, pour s'incarner en autrui; elles veillent, exagérant le zèle, prenant tout caillou pour une montagne, toute fondrière pour un abîme, au-devant des pas de l'enfant trop aimé.

Ne sont-elles pas, ces femmes, ces mères, l'expression la plus touchante de la providence de Dieu?

Seulement la pauvre Jeannine n'en pouvait mais. Il faut être juste envers chacun. Avoir seize ans n'est pas non plus un crime.

Ces mères veuves, à qui la mort a imposé la plus sérieuse de toutes les responsabilités, dépassent le but parfois. Jeannine n'était pas cause d'être belle.

Ce que Mme Reine avait deviné par la puissance de sa seconde vue maternelle, Jeannine n'en savait trop rien. Messire Aubry ne s'en doutait guère non plus.

Et Jeannin, ce bon Jeannin, le plus innocent de tous, et le plus malmené par Mme Reine, Jeannin fût tombé de son haut si on lui en avait dit seulement le premier mot !

Le vrai, c'est que les mères sont sorcières !

Cette fois, messire Aubry, notre jeune gentilhomme, se disait en prenant du champ :

— Scélérat d'Anglais ! tu vas voir si je te manque !

Le sourire moqueur de Jeannine ! chose terrible ! et l'effroi humiliant de Mme Reine ! Le traitait-on assez comme un enfant ! On avait peur pour lui du bâton du mannequin !

— C'est la main gauche qui a fait des siennes, messire Aubry, dit Jeannin avec douceur; il ne faut jamais serrer la bride au dernier moment... Si Mlle Berthe de Maurever, votre noble cousine, vient au manoir, comme on le dit, elle voudra voir votre adresse...

— Ah ! par exemple ! s'écria Aubry, je m'embarrasse bien de mademoiselle Berthe de Maurever !

Jeannin sourit malignement.

— C'était donc le soleil qui vous faisait rougir l'autre matin, quand nous passions sous ses balcons, en la ville de Dol, messire Aubry?

Bon Jeannin ! ce n'était pas le soleil, non. Mais vis-à-vis de l'hôtel habité par messire Morin de Maurever et sa fille Berthe, il y avait une boutique de mercière, tenue par dame Fanchon le Priol. Dame Fanchon le Priol était la grand'mère de Jeannine, qui allait la voir de temps en temps. Ce jour-là, **Jeannine avait été voir dame Fanchon le Priol, et Aubry**

avait aperçu la gentille brunette à travers les carreaux de la
boutique.

Madame Reine savait bien, elle, que si son fils Aubry, pâlis-
sait ou rougissait parfois à l'imporviste, Berthe de Maurever
ni le soleil n'avaient rien à faire là-dedans. Elle eût donné
beaucoup pour qu'il n'en fût point ainsi.

— J'ai fait bien des lieues à pied et à cheval dans notre
Bretagne, reprit Jeannin, mais je n'ai vu nulle part une demoiselle qui soit plus noble et plus avenante que Berthe de
Maurever. A votre âge, il est permis de chérir sa dame. Ne
vous défendez point : personne ne songe à vous blâmer.

Aubry fit présent d'un double coup d'éperon à son beau
cheval. Le cheval piqué à l'improviste, bondit sur place, puis
se lança. Ferragus et Dame-Loyse, éveillés tout à coup par ce
mouvement, au milieu de leurs ébats paresseux, détalèrent
à la suite du cheval. On eût dit, à voir cette course soudainement précitée, que le jeu s'était changé en furieuse bataille.

Par le fait, le choc fut rude, mais la victoire demeura encore
au scélérat d'Anglais. Messire Aubry qui, sans doute, était un
peu distrait par la réflexion inopportune du bon Jeannin,
donna de sa lance à tour de bras dans l'épaule gauche de la
quintaine, qui vira et lui rendit par derrière un coup de bâton
généreux. Si généreux, qu'Aubry passa par-dessus la tête de
son cheval et mordit la poussière.

Mᵐᵉ Reine joignit les mains; sa voix s'arrêta dans son gosier.
Jeannine laissa tomber sa broderie et poussa un cri de terreur.

Derrière la haix de houx, un éclat de rire aigre se fit entendre
et une voix qui n'avait rien d'humain lança joyeusement ces
mots :

— Voilà messire Aubry qui s'est cassé le cou !... ah ! ah ! ah !

En même temps, parmi le vert sombre du feuillage, une
figure étrange se montra presque au ras de terre.

III

FIER-A-BRAS L'ARAIGNOIRE

Le bizarre personnage qui avait semblé applaudir à la chute de messire Aubry ne montrait encore que sa tête. Sa tête seule était assez remarquable pour mériter une description particulière.

Il faut se figurer une boule parfaitement ronde dans laquelle on aurait sculpté mollement un visage, suivant les règles élémentaires et naïves qui servent aux enfants pour dessiner sur leurs cerfs-volants monsieur le Soleil ou madame la Lune. Le nez ne saillait point. La bouche était une fente droite. Les yeux, à fleur de crâne, ressemblaient aux deux moitiés d'une fève. Les sourcils, fauves et très touffus, étaient plantés sur le front.

De nos jours, quand une maison se bâtit et que les murailles encore humides étalent au soleil la splendeur sans tache de leur plâtre tout neuf, Panotet, gamin de Paris, vient avec un charbon. La blanche robe de l'édifice adolescent a une tache. Panotet, ami des arts, trace un profil caricatural et muni d'une pipe sous lequel il écrit le nom d'un ennemi qu'il a, et puis il s'en va, léger de cœur, à ses affaires.

Cet étrange visage qui se montrait dans la haie de houx, ressemblait aux œuvres de Panotet. Seulement, le personnage à qui appartenaient ces rudiments de traits n'avait pas de pipe. On n'avait encore inventé que la poudre.

Sa chevelure était la partie la plus importante de son individu. A cette chevelure il devait probablement ce sobriquet de *l'Araignoire*, qui s'ajoutait à son surnom de Fier-à-Bras.

Le mot araignoire ne se trouve point dans le *dictionnaire* de l'Académie. Il désigne la brosse hémisphérique et emmanchée de long, à l'aide de laquelle on détruit les toiles d'araignée. Fier-à-Bras était une araignoire emmanchée de court.

Le poil qui couvrait sa tête ronde était dru, roide, crépu, rouge comme du feu. Cette nuance ardente faisait ressortir la pâleur bouffie de sa face, qu'on aurait prise pour une ébauche mal réussie et jetée au rebut.

Et pourtant, sur cette pauvre face qui semblait être un oubli du Créateur ou une raillerie du hasard, il y avait de l'intelligence, bien plus, de la volonté. Dans quel trait résidait l'éclair latent qui donnait la lumière à ces difformités? on ne savait. Mais la lumière était là.

La tête rouge de Fier-à-Bras s'agita comme si son torse, embarrassé dans la haie, eût fait effort pour en sortir. Ce torse devait être celui d'un géant, si on en jugeait d'après le volume de la tête chevelue. Mais Fier-à-Bras était véritablement un être fantastique. Sa tête, que nous avons montrée au ras de terre, se trouvait là dans sa position naturelle et normale. Fier-à-Bras était un nain de l'espèce la plus exiguë. Il n'avait que trois pieds de haut.

Son costume était celui d'un gentilhomme. Il portait les couleurs de Coëtquen, son seigneur, et un petit écusson, brodé sur son pourpoint, donnait ses propres armoiries, qui étaient *d'or au dindon de gueules.*

Comme on voit, Fier-à-Bras était dans les idées de Louis XI, roi de France. Il se moquait volontiers de la noblesse.

Et vraiment on le laissait faire, en ce pays de Bretagne, où la noblesse fut toujours si grande et si respectée. Pourquoi empêcher les nains de rire?

— En quel siècle voulut-on comprendre que le rire des nains est justement la chose qui tue?

Si toute grandeur a sa décadence en ce monde, si tout est menacé tour à tour, c'est que les nains rient. Chaque fois que les nains rient, quelque grande chose tombe.

Fier-à-Bras l'Araignoire sortit de la haie au moment où le jeune sire Aubry de Kergariou touchait rudement le sol. Il se secoua et rajusta son costume, dérangé par les piquants du houx.

— Hé! hé! dit-il, j'arrive bien. Ce gentilhomme de bois vaut mieux qu'un fils de preux en chair et en os, à ce qu'il paraît. Bonjour, Ferragus! bonjour, Dame-Loyse!... bonjour, les autres!

Les autres, c'étaient Mme Reine de Kergariou, Aubry, Jeannin et Jeannine. Fier-à-Bras ne daignait nommer que les chiens.

Jeannin lui fit un signe de tête amical. Mme Reine, rassurée sur le sort d'Aubry, lui envoya gaiement le bonjour, et Aubry lui-même inclina sa lance en cérémonie.

S'il restait quelque inquiétude à Mme Reine, cette inquiétude n'avait plus trait à la chute de son fils. Une petite voix, bien douce pourtant, lui demeurait dans l'oreille comme la piqûre importune d'un insecte. Quand elle avait crié, un autre cri de frayeur avait répondu au sien. Jeannine était là; Reine le savait.

Soit malice, soit étourderie, le nain se chargea d'envenimer la piqûre.

— Comme vous voilà pâlotte ce matin, derrière votre rideau, ma belle demoiselle Jeannine! s'écria-t-il, messire Aubry, dites-lui donc que vous n'avez pas eu de mal!

Le jeune homme rougit; Jeannine détourna la tête. Reine se mordit la lèvre.

Jeannin eut un bon rire franc et naïf.

— Tiens! tiens! dit-il; tu étais là, toi, fillette?

— Eh bien! ajouta-t-il en se tournant vers Aubry; représentez-vous à la place de Jeannine qui n'est point de conséquence, votre belle cousine, Berthe de Maurever, et voyez quelle figure vous auriez faite, messire !

Cette fois Jeannine baissa la tête et Aubry regarda son ami Jeannin de travers.

Mme Reine se disait, l'excellente mère et la femme injuste :

— Voyez comme ce Jeannin cache son jeu !

Le brave homme d'armes ne cachait assurément rien du tout.

— Qu'avons-nous donc? reprit Fier-à-Bras jouissant de l'embarras qu'il avait fait naître; sommes-nous à l'enterrement? Il n'y a de gaillard ici que moi et messire l'Anglais... Soyez tranquille, Kergariou, avant qu'il soit un mois vous coucherez votre lance devant des quintaines de chair et d'os, car le roi de France est en colère !

— Tu sais des nouvelles, enfant? demanda vivement Mme Reine.

Il faut vous dire que Fier-à-Bras avait bien une quarantaine d'années. Mais, ceci est encore un trait de caractère, Mme Reine, la charmante femme, ne riait jamais et s'entourait d'un haut rempart de dignité un peu empesée. Appeler le nain *Fier-à-Bras* ou *l'Araignoire*, c'eût été déroger à sa gravité, c'eût été presque rire.

Mme Reine avait si grande frayeur de tomber dans le péché de frivolité, que l'ennui suintait autour d'elle comme l'humidité glacée aux parois d'une cave. Elle appelait cela tenir son rang.

La chose terrible, il faudra bien vous le dire une fois ou l'autre, la chose terrible, c'est que Jeannin, le pauvre bon Jeannin, était beau comme Apollon. Mme Reine avait des yeux, des yeux charmants, même sous ses cheveux blanchis en nuit de torture.

Des yeux perçants surtout, des yeux jaloux ! Elle regardait sans cesse autour d'elle pour voir si quelqu'un pouvait éclipser son fils Aubry.

Or, Jeannin était trop beau; il faisait tort à messire Aubry. Auprès de Jeannin, messire Aubry ne brillait pas assez. Qui ne connaît la coquetterie des mères?

D'un autre côté, ce Jeannin avait une fille qui était aussi trop belle pour le repos et l'intérêt du même messire Aubry, vous sentez que cela devenait intolérable !

Encore, si on avait pu se débarrasser de ce Jeannin et de sa fille ! Mais ce Jeannin, derrière sa douce modestie, était un homme important dans le pays. Plus d'un chevalier eût envié l'estime où le tenait François II, duc de Bretagne. D'ailleurs, c'était un si vieil ami ! Jeannin avait vu naître l'héritier de Kergariou, Jeannin avait eu le dernier soupir de messire Aubry, qui avait laissé autrefois à sa garde Mme Reine et son enfant.

Jeannin aimait Mme Reine à la fois comme sa suzeraine et comme sa sœur. Pour elle et pour l'héritier de Kergariou, il eût donné mille fois sa vie. S'il avait su que sa fille était un danger pour Aubry, il eût pris sa fille en croupe et se fût enfui avec elle au bout du monde.

Mme Reine ne voulait pas voir cela. Elle se défiait. Elle était mécontente d'elle-même et mécontente d'autrui. Il lui fallait des victimes.

— Oh ! oh ! dit le nain, vous me demandez des nouvelles, noble dame ? Il est bientôt onze heures et j'aimerais mieux dîner... Des nouvelles ! saint Jésus ! Il en manque bien des nouvelles ! Ne savez-vous pas que le mangeur d'enfants a volé les deux filles d'Haynet Beaulieu, du bourg de la Rive ?

— Est-il possible ! s'écria Mme Reine : deux pauvres anges qui n'avaient pas dix ans !

Jeannine avait quitté sa broderie pour écouter. Le nain s'était approché jusque sous le balcon où s'accoudait la châtelaine.

— Dix ans, onze ans, ça va jusqu'à douze ans, reprit-il ; mais il enlève aussi les demoiselles de dix-huit ans, ajouta-t-il tout à coup en se tournant vers la fenêtre de Jeannine ; c'est un ogre à marier... gare à celles qu'il épouse !

— L'as-tu vu, toi, enfant, ce monstre abominable ? demanda Mme Reine.

— Oui, oui, répliqua le nain ; c'est un beau cavalier... grand et fort, qui est noble comme vous et moi. Il a nom le comte Otto Béringhem; il est venu d'Allemagne avec les pèlerins du mont. Si je connais l'Homme de Fer! Dieu merci! je connais tout le monde!... Holà! reprit-il en s'interrompant, voilà maître Jeannin qui va montrer à messire Aubry comment on pique un Anglais de droit fil! Voyez, voyez, noble dame, quel homme d'armes fait ce Jeannin! Vous iriez à Paris, la grande ville, avant de trouver son pareil!

Mme Reine fronça le sourcil et tourna la tête.

Jeannin avait pris, en effet, du champ et venait au galop sur la quintaine. Il était incliné sur le garrot de son cheval, et tenait sa lance de manière à frapper le mannequin de bas en haut, afin de faire ce beau coup qui consistait à enlever l'Anglais, le Sarrasin, ou tout autre coquin de son pivot et à le lancer sur le sable.

Messire Aubry suivait, attentif.

Fier-à-Bras avait raison, il était impossible de voir un cavalier plus parfait que Jeannin : force, grâce, adresse tout était en lui. Son corps souple suivait les mouvements du cheval, comme si les quatre jambes du vigoureux destrier eussent été la base naturelle de ce torse harmonieux et robuste.

Le vent de la course prenait ses cheveux blonds, dont les anneaux se jouaient sur l'acier étincelant du casque.

Mme Reine avait la tête tournée en sens inverse, mais, néanmoins, elle voyait tout cela. Personne n'ignore que le regard des dames se moque de toutes les lois de l'optique. Mme Reine haussa les épaules.

En ce moment, la lance de Jeannin toucha la quintaine sous le menton, juste au centre de gravité, l'enleva à dix pieds du sol et la jeta au loin.

— Bravo! cria Fier-à-Bras.

— Bravo! cria Aubry.

Jeannine frappa ses deux petites mains blanches l'une contre l'autre.

— Merci Dieu! dit Mme Reine avec impatience; voici un bel exploit, maître Jeannin! Vous sied-il bien à votre âge de faire montre de votre force pour humilier mon pauvre fils Aubry !

Jeannin ne répliqua point, mais il changea de visage.

Fier-à-Bras leva sa houssine, et se prit à fustiger d'importance l'Anglais renversé.

— Tiens, scélérat, tiens ! s'écria-t-il : tiens ! tiens ! tiens !... tiens encore !

Il frappait à tour de bras et de si grand cœur qu'il en perdait haleine. Il s'arrêta quand le souffle lui manqua tout à fait, et dit en essuyant son front baigné de sueur :

— Maugrebleu ! voilà comme nous sommes, moi et Mme Reine ! Nous frappons sur les gens qui ne nous le rendent point !

IV

Fier-à-Bras l'Araignoire était un nabot de beaucoup d'esprit. En frappant l'Anglais à terre, il faisait la critique sanglante des colères folles de Mme Reine. Mais Jeannin ne l'entendait point, le pauvre Jeannin. Il se désolait de tout son cœur et se disait comme toujours :

— Qu'ai-je donc fait à Mme Reine pour qu'elle me déteste ainsi maintenant.

Et il ne se révoltait pas plus que l'Anglais de bois contre les coups de houssine de Fier-à-Bras.

Le cadran solaire marquait onze heures. Dans la campagne, derrière les futaies et parmi les clairières qui descendaient à la Rance, on entendit des *huchées*. Les routes montant au manoir s'emplirent de bestiaux et de pastours. C'était une belle et bonne terre que le Roz. A l'heure du dîner il y avait bien trente gars et servantes autour de la table de la cuisine.

La cloche tinta. Le nain fit une pirouette à cet appel de bon augure.

Au nord, au sud, à l'orient, au couchant, ces refrains mono-tones et mélancoliques qui se ressemblent tous et qui sont comme l'éternelle chanson de la campagne bretonne, se répon-daient et alternaient. C'était un concert. Tantôt le vent mêlait tous les couplets ; tantôt une voix rauque et gémissante s'élevait en solo parmi le mugissement des vaches grasses et le bêlement des brebis qui faisaient orchestre.

Pelo le bouvier chantait à tue-tête :

> Perrine, ma Perrine,
> Lon li lan la,
> La deri deri dera !
> Perrine, ma Perrine,
> Où sont tes veaux allés?
>
> Où sont tes veaux allés? *(bis)*
> Y sont dans la grand'prée,
> Lon li lan la,
> La deri deri dera...

Et la petite Jouanne, qui gardait les oies, lui répondait en fausset suraigu :

> L'mien en bel équipaige
> Venait me voir au jour
> O' tous ses biaux atours.
> Si les chiens du villaige
> No l'aurioiont point connu,
> L'aurioint, ma fâ, mordu !
>
> Qu'il a d'un' chemisetttc
> Marquetée d'au pougnais,
> D'un vestaquin d'drougnais,
> Des ganaches grisettes,
> Gilet o' des ribans,
> Li pendant par davant (1).

(1) *Premier couplet.* — Le mien (mon fiancé) en belle toilette venait me voir au jour. Avec tous ses beaux atours, si les chiens du village ne l'avaient pas connu, ils l'auraient, ma foi, mordu.
Deuxième couplet. — Il a une chemise brodée au poignet, un habit de droguet et des guêtres grises, un gilet avec des rubans qui lui pendent par devant.

A quoi Mathelin, le pasteur des gorets, répliquait, racontant
ses premières aventures :

> Da, mâ, d'auprès ed'ma cocotte
>   J'tas po'nt bâlant
> Je li faisâs de toute sorte
>   De qu'mpl mers,
>   Sapergouenne !
> Je li fa'sâs de toule sorte
>   De qu'mpl mens !
>
> Je li parlâs de nos chairettes
>   Et de nos bœufs
> Et j'li jurâs que nos poulettes
>   Pôna'nt des œufs,
>   Sapergouenne (1) ! etc.

Tous ces chants, dont les paroles sont si moqueuses, si gaies,
se disent sur des airs modulés en mineur, rhythmés selon la
coupe lente et triste, particulière à la Bretagne, et finissent
sur une cadence pleurarde, toujours la même.

Peu à peu bestiaux et valets envahirent la plate-forme. Les
valets venaient prendre leur repas; les bestiaux allaient passer
les heures du grand soleil à l'étable.

Les maîtres étaient déjà dans la salle à manger.

La salle à manger du Roz était une grande pièce pavée en
ardoises plates, froide malgré l'ardent soleil du dehors, et montrant à ses murailles nues l'humidité qui incessamment perlait.
Un énorme buffet de chêne noir ouvré, formé de deux bahuts
superposés, tenait tout le fond de la salle, dans le sens de sa lon-
gueur. Vis-à-vis du buffet, un dressoir où les assiettes de terre
brune se mêlaient fraternellement aux plats d'argent, allait
du sol à trois pieds du plafond.

---

(1) Dame, moi, auprès de ma promise, je n'étais pas embarrassé, je lui
faisais toutes sortes de compliments. — Je lui parlais de nos charrettes et
de nos bœufs; je lui jurais que nos poules pondaient des œufs.

Au-dessus de la porte d'entrée, un artiste indigène avait peint des pommes horriblement rouges et des raisins dont le renard se serait privé avec plaisir. Au beau milieu de cette œuvre d'art, les écussons de Maurever et de Kergariou, accolés sous le même cimier de chevalier, unissaient leurs émaux amis. Çà et là aux murailles pendaient des andouillers de cerf.

C'était tout.

Ajoutez une énorme table, pliant sous le poids du bœuf, du porc et de la venaison, des chaises de bois sculptées et un paillasson, épais de quatre doigts, pour la châtelaine, vous aurez une idée parfaitement exacte de la salle à manger du Roz.

Il y avait eu là de nobles festins, du temps de M. Hue de Maurever, et encore du temps de feu messire Aubry de Kergoriou. Mais ils étaient morts tous les deux, et les festins ne vont pas bien sous le toit d'une veuve.

Mme Reine n'était, croyez-le, ni avare ni insociable. Seulement, elle se tenait à sa place.

Personne dans le pays n'était plus honoré qu'elle. A tous égards, elle le méritait, la bonne dame. Les défauts qu'elle avait ne nuisent point aux étrangers indifférents. Ses jolis ongles griffus n'écorchaient que les proches et les dévoués.

Longtemps, la Bretagne avait gardé ces belles mœurs des aïeux insulaires que Walter Scott a si souvent et si magnifiquement décrites; longtemps, maîtres et serviteurs s'étaient assis à la même table, dans la commune hospitalité du manoir.

Au xve siècle, il n'en était plus ainsi. La table des maîtres n'appartenait qu'aux hôtes nobles et à ces pensionnaires privilégiés qui s'appelaient *la maison*.

Chez les grands seigneurs, la maison était composée de gentilshommes.

Chez les simples nobles, la maison formait une classe intermédiaire qui prenait au-dehors le pas sur la bourgeoisie, et qui, en réalité, empruntait quelque importance aux armes qu'elle portait.

C'étaient l'écuyer, le page ou les pages, les hommes d'armes.

C'étaient encore l'intendant, l'aumônier, parfois le maître veneur.

Au manoir du Roz, il n'y avait point d'hommes d'armes à demeure. Toute la maison, fors dom Sidoine, le chapelain, prenait, à l'occasion, l'épieu ou l'épée. Jeannin faisait office d'écuyer. Il y avait un petit farfadet nommé Marcou de Saint-Laurent, qui était page. L'intendant avait nom maître Bellamy; il cumulait cet office avec celui de majordone.

Ces divers officiers, avec Jeannine, fille de l'écuyer qui était en même temps chargé de l'éducation militaire du jeune Aubry avaient seuls le droit de s'asseoir à table.

Dom Sidoine servait de précepteur à Aubry.

Fier-à-Bras avait sa petite table particulière auprès de Mme Reine, qui conciliait ainsi sa gravité un peu vaniteuse et le faible qu'elle avait pour le nain.

On prit place.

Marcou de Saint-Laurent le page, laid petit coquin, fort peu semblable à ces enfants ennuyeux et langoureux qui lèvent leurs yeux blancs vers le ciel sur la couverture de nos romances, Marcou trouva moyen de frotter les cheveux rouges à Fier-à-Bras. Il avait quinze ans, ce Marcou; il tirait la langue à Jeannine et ne se doutait pas que le XIXe siècle ferait sur lui soixante mille couplets idiots, mais romantiques, avec accompagnement de piano.

Il n'aimait guère que le brelan, le vin nantais, qui n'est pourtant pas nectar, et le noble jeu de la grenouille, dont il sera parlé plus tard.

Fier-à-Bras lui rendit sa politesse en lui pinçant le mollet, qu'il avait maigre, jusqu'au sang.

Sur ces entrefaites, chacun se recueillit, et dom Sidoine prononça le *Benedicite*.

— *Amen !* dit Fier-à-Bras, qui pinça le mollet du page Marcou de Saint-Laurent, pour la seconde fois.

Le page voulut lui rendre son espièglerie, mais Mme Reine toussa sec et dit à Jeannine :

— Je vous prie de tenir votre croisée close le matin, ma fille... le soleil d'août est malfaisant.

— Il suffit, madame, répondit Jeannine.

— Non, ma fille, cela ne suffit pas! à votre croisée close, vous voudrez bien attacher des rideaux et les tenir fermés.

— Je le ferai, madame.

— Oh! oh! se dit Marcou, messire Aubry ne courra plus si souvent la quintaine!

Aubry regardait Jeannin à la dérobée pour voir s'il manifesterait de la surprise ou du mécontentement, mais Jeannin était à cent lieues de deviner les motifs de Mme Reine en prononçant ces mots : « le soleil d'août est malfaisant; » et l'idée des rideaux lui sembla une attention délicate.

D'ailleurs le bon Jeannin avait gagné grand appétit en courant la quintaine. Il mangeait sérieusement une honnête tranche de bœuf entrelardée, et ne cherchait point malice en ce qui se disait à l'entour.

— Je le connais, le soleil d'août! s'écria le nain; tout à l'heure je chevauchais sur les grèves, et le soleil d'août s'amusait à me gâter le teint...

— Tu chevauchais, toi, l'Araignoire? interrompit Marcou.

— Pourquoi non, sire fainéant?

— M'est avis que pour chevaucher il faut des jambes.

— Ou des pattes, maître fallot, puisque les singes et toi vous enfourchez la selle! moi, il ne me faut ni jambes ni pattes; Huguet l'homme d'armes, m'assied sur le pommeau de la selle, ou bien Catiolle, la maréyeuse, me met dans un des paniers de sa bourrique... Ah! maître Marcou, voilà une bête encore plus paresseuse que toi, la bourrique de Catiolle!

Le page chercha en vain une réplique, fit la grimace et regarda son assiette. Chacun avait envie de rire, mais personne ne riait, à cause de la jolie Mme Reine, qui faisait à elle seule un effet plus dolent que cinquante aunes de serge noire semée de larmes d'argent.

Fier-à-Bras, vainqueur, but rasade d'un air satisfait

— Donc, noble dame, reprit-il, puisque votre page veut bien

donner la paix aux hommes raisonnables, je vais vous dire ce que j'ai appris là-bas de l'autre côté du Couesnon sur les choses de l'État. Le sire de Coëtquen, mon seigneur, auprès de qui je tiens charge noble, étant à la cour de François II de Bretagne, j'ai du bon temps que j'occupe à mes affaires et à mes amours.

Cette fois Marcou éclata, et tout le monde l'imita, sauf Mme Reine et la pauvre Jeannine, qui était rose depuis le front jusqu'aux épaules de la semonce détournée qu'on lui avait faite.

— Et quelles sont tes amours, Fier-à-Bras, mon mignon? demanda messire Aubry.

— S'il vous plaît, mon cher sire, répliqua le nain, ce sont les tourtes d'Ardevon, au bord de la grève normande. Dame Lequien, la boulangère, y met des raisins de Gascogne, des fleurs d'oranger, du miel et bien d'autres douceurs. Je suis fidèle de cœur et constant comme un vrai chevalier doit l'être. Depuis que je porte l'épée, j'aime les tourtes d'Ardevon. Quoi qu'il arrive, je fais serment sur mon blason de les adorer toujours !

— La gourmandise est un péché mortel, fit observer dom Sidoine.

— Et je te prie, enfant, ajouta Mme Reine, choisis ailleurs tes sujets de plaisanterie. A ma table, tout ce qui regarde la noblesse et l'honneur des chevaliers doit être respecté.

Fier-à-Bras s'inclina d'un air confus et répondit :

— Il sera fait suivant votre volonté, noble dame. Je vais vous parler sans rire de l'Homme de Fer, le comte Otto Béringhem, qui ouvre l'estomac des petits enfants par curiosité scientifique et sans songer à mal.

— Prends garde !... commença madame Reine.

— Vous ne voulez pas? répliqua encore le nain, exagérant l'humilité de sa posture. Eh bien ! je vais vous entretenir du premier chevalier qui soit en cet univers, du roi Louis de France lequel fait dessein d'envoyer un mortel maléfice à son cher cousin, François de Bretagne, notre seigneur.

Toutes les têtes se dressèrent attentives.

Le nain, cachant son sourire narquois, feignit de se mé-
prendre.

— Vous ne voulez pas? ajouta-t-il pour la troisième fois,
alors je vais boire, manger et me taire.

V

Fier-à-Bras s'emplit la bouche de venaison et fit mine de se
donner tout entier à son appétit. Il avait éveillé l'attention
excité l'impatience; il pouvait manger à son aise. Autour de
la table on attendait. Jeannin surtout fixait sur le nain ses
grands yeux où la curiosité se montrait franchement.

Le nain tenait rigueur.

—- Que parlais-tu du roi Louis de France, enfant? demanda
enfin Mme Reine?

—- Ah! répliqua l'Araignoire, on dit ceci et cela, vous savez
bien, noble dame. Il y a tant de bavards ici-bas! Je pense que
le soleil d'aujourd'hui va hâter la moisson, n'est-ce pas vrai?

— Tu disais?...

— Oui, oui!... Quant à dire, voyez-vous, il y en aurait pour
jusqu'à demain! Tous ces pèlerins qui viennent on ne sait d'où,
d'Italie, d'Allemagne, de Bohême, pour s'agenouiller dans la
basilique de Saint-Michel, tous ces pèlerins étrangers ont chacun deux ou trois histoires... Et figurez-vous que les hôtelleries
d'Avranches et de Pontorson regorgent, mais ce n'est rien :
On voit des tentes le long de la côte depuis Couesnon jusqu'à
la Sée. Le vieux père Bruno prétend que le nombre de ces
errants s'élève à trente mille.

— Trente mille ! répéta Mme Reine; voilà une belle dévotion !

— Ce n'est pas trop pour la gloire de Monseigneur saint Michel archange ! dit le chapelain dom Sidoine.

— Ce ne serait pas assez s'ils venaient pour le saint archange repartit Fier-à-Bras; mais, sur trente mille pèlerins, il y a bien vingt milliers de taupins, égyptiens, zingares, baladins et autres, sans compter les chrétiens comme le chevalier comte Otto Béringhem, qui est venu, lui aussi, de bien loin, et non point pour le grand saint Michel.

— Mais le roi Louis onzième... insista encore Mme Reine.

— Eh bien ! c'est justement l'Homme de Fer qui doit jeter pour lui le maléfice. Personne n'ignore que le comte Otto est initié aux sorts napolitains et versé dans les mystères de la magie noire. Les enfants qu'il enlève et qu'on ne revoit plus, servent à ses terribles pratiques. M. de Coëtquen, mon seigneur, m'a conté comme quoi on avait mis à mort jadis le maréchal Gilles de Laval, baron de Raiz, pour les enfants, jeunes garçons et jeunes filles qu'il avait poignardés dans son château de Tiffauges. Le Malin hurla pendant quinze nuits dans les forêts de Pousauges et de Château-Morand, pleurant son fils, décapité par le glaive... Si on coupe la tête du noble comte Otto, vous verrez que le Malin hurlera pendant un mois !

— Et, demanda Jeannin qui écoutait tout cela fort attentivement, pourquoi le roi Louis onzième veut-il jeter un maléfice à notre seigneur le duc?

— Voilà ! fit l'Araignoire avec emphase; voilà ce que bien des clercs et même bien des gentilshommes ne sauraient pas vous dire. Mais moi, quand je voyage, cela profite à mon instruction. Ne vous impatientez pas, noble dame.

Le nain venait de surprendre un vif mouvement d'impatience échappé à la digne et grave Mme Reine. Mais il se faisait trop d'honneur en se l'attribuan , on ne songeait point à lui. Madame Reine avait intercepté un regard que messire Aubry lançait à certaine adresse; elle avait vu en outre deux larmes qui roulaient sur la joue de Jeannine. La jeune fille

les avait bien vite essuyées, ces deux larmes. Mais l'œil de
Mme Reine était agile.

Il n'y eut du reste que Mme Reine à voir le regard de
messire Aubry et les larmes furtives de la fillette. Jeannin était
tout entier à sa tranche de bœuf presque achevée, et à l'histoire
du nain qui commençait. Marcou cherchait une espièglerie à
faire. Dom Sidoine épurait, en idée, un texte obscur de certain
manuscrit du ixe siècle. Maître Bellamy se demandait combien
Binic, le fermier du Moulin-Bernier, moudrait de sommes à un
dernier tournois la double, pour parfaire deux écus qu'il rede-
vait sur son bail.

— Tant il y a, reprit le nain, qu'après avoir mangé deux
tourtes chez la mère Lequien, et les deux tourtes étaient bonnes,
j'ai poussé jusqu'au Mont-Saint-Michel pour voir le roi...

— Le roi est donc au Mont-Saint-Michel? demanda encore
Jeannin.

— Eh ! s'écria Mme Reine avec un peu d'aigreur, si vous
ne laissez pas parler l'enfant il n'achèvera jamais !

— Maître Jeannin, dit Fier-à-Bras, vous êtes un soldat
vaillant, mais du diable si vous savez d'où vient le vent aujour-
d'hui !... Le roi est arrivé au Mont-Saint-Michel pour installer
son nouvel ordre de chevalerie. Voilà qui sera beau, la fête de
consécration ! Tubœuf ! messire de Coëtquen me donnera sa
vieille cape pour me faire un pourpoint neuf, et je marcherai
derrière les deux filles d'honneur de Mme Jeanne, sa femme,
pour donner ainsi du relief à la maison... Donc, quand je suis
entré au monastère, la grève était pleine de soudards français
qui chantaient vêpres d'enfer, de pèlerins étrangers avec leurs
enfants et leurs femmes. Tout cela grouillait sur le sable; les
soldats poussaient les pèlerins qui maudissaient les soldats; les
femmes faisaient semblant de frémir et regardaient par dessous
les casques luisants; les enfants criaient comme un millier de
pies ! Moi, je mangeais le reste de ma deuxième tourte sans
rien dire : un homme n'a que faire de se mêler à ces piailleries.
Voilà donc qu'on m'ouvre la porte et que je dis au tourier, qui
est de mes amis :

— Bonjour, frère Étienne, je viens voir un peu le roi.

— Eh bien, Tranche-Montagne, me répondit frère Étienne (il a l'habitude de m'appeler Tranche-Montagne), tu n'as qu'à attendre au bas de l'escalier de la salle des gardes; le roi va passer.

J'avais fini ma seconde tourte, qui était bien la meilleure des deux. J'allai m'asseoir sur la dernière marche de l'escalier. Les soudards me regardaient. Vous savez que tout le monde me regarde. Pourquoi? Demandez aux innocents pourquoi ils mirent la lune !

J'entendis des pas derrière moi sur le pavé de la salle des gardes. Je me retournai. Je vis un bonhomme à l'air malade, habillé de drap brun, avec un bonnet à visière comme les coquetiers montois. A son bonnet pendaient des amulettes d'étain. Il portait, attaché à une chaîne d'orfèvrerie, au beau milieu de la poitrine, un Saint-Michel en argent, gros comme la moitié de ma tête. Il était tout seul avec le prieur claustral. Mais à ce moment-là, des trompettes cornèrent au dehors, et il se fit un grand remue-ménage. La porte du couvent s'ouvrit à deux battants. Un seigneur doré, empanaché, un beau seigneur, celui-là, entra dans la courtine avec une escorte superbe.

— Ah ! ah ! me dis-je, voici, bien sûr, le roi !

— Non, non, me répondit frère Étienne, qui était à côté de moi : c'est Jean d'Armagnac, comte de Comminges, qui a été envoyé en mission près du duc de Bretagne.

La courtine s'emplissait de gentilshommes et de soldats. Je cherchais toujours le roi. Quand le comte de Comminges aperçut le bonhomme habillé de drap brun, il s'approcha et lui baisa la main. Après quoi, il lui parla en l'appelant : Sire et Votre Majesté. Le bonhomme était bel et bien le roi Louis onzième !

Quelle que soit l'opinion du lecteur sur la façon de conter de Fier-à-Bras l'Araignoire, il est certain qu'il obtenait un énorme succès d'attention.

Il poursuivit : Le roi dit :

— Eh bien ! monsieur de Comminges, notre beau cousin de Bretagne est-il content de nous?

Il paraît que ce Comminges s'était rendu auprès du duc François pour lui offrir, de la part du roi, le cordon du nouvel ordre de Saint-Michel...

— Par mon patron ! s'écria Jeannin, j'ai entendu parler des statuts de ce nouvel ordre et du serment des chevaliers. Si notre seigneur le duc a accepté, autant valait faire hommage-lige pour le duché de Bretagne, et se reconnaître sujet du roi.

— C'était bien ce que le roi voulait ! dit le chapelain Sidoine.

Il y avait, à cette époque, en Bretagne, dans toutes les classes sociales, une si profonde horreur de la domination française, que chacun, autour de la table, se sentit le cœur serré comme à la dernière passe d'une partie décisive.

— Si le roi voulait cela, continua Fier-à-Bras, le roi avait compté sans son beau cousin, car voici ce que Comminges lui a répondu :

— Sire, le duc François rend grâce à Votre Majesté, mais il ne peut accepter l'honneur que votre bonne affection lui destinait.

A cette nouvelle le roi est devenu vert, mais vert ! Puis il a souri tout doucement. Puis encore il a baisé avec bien de la dévotion sa grosse image de Saint-Michel.

Frère Étienne m'a glissé à l'oreille :

— J'aime mieux être dans mes chausses que dans celles du duc François, Tranche-Montagne !

Je vous ai déjà dit qu'il avait l'habitude de m'appeler Tranche-Montagne ; comme je descendais la rampe pour m'en retourner, j'ai entendu les hommes d'armes qui disaient qu'on donnerait mille écus d'or à l'Homme de Fer pour qu'il jette un maléfice à François de Bretagne.

Le nain se tut. Un assez long silence se fit.

— Nous vivons dans un temps de malheur, dit Mme Reine; que peut faire une pauvre femme qui n'a plus d'époux?

Il y avait des larmes dans ses yeux. C'était le souvenir de l'homme véritablement aimé qu'elle avait perdu.

Et ce souvenir la fit tout à coup ce qu'elle était autrefois : tendre et bonne.

— Serrons-nous les uns contre les autres, mes amis, reprit-elle; Jeannin, veille sur l'enfant de ton seigneur; fais-en bien vite un homme fort et redoutable aux méchants comme tu l'es toi-même; Jeannine, chère petite, ne soyez plus triste. Parfois, ce que je crains et ce que je souffre conduisent ma parole au delà de ma pensée. Venez m'embrasser, ma fille.

Jeannine courut à Mme Reine et lui baisa les mains avec une ardeur passionnée. Mme Reine l'attira sur son cœur.

Aubry se cachait pour sourire et ses yeux étaient humides.

Jeannin ne comprenait point trop ce qu'il y avait au fond de cet attendrissement subit, mais il en était bien heureux.

— Dom Sidoine, dit Mme Reine, veuillez nous réciter les *Grâces*.

Tout le monde se leva. Le chapelain prononça l'oraison latine à haute voix.

— Je vous prie, dom Sidoine, reprit la châtelaine, ajoutez un verset à notre prière du soir pour le salut de notre seigneur le duc en ce monde et dans l'autre.

— Noble dame, dit maître Bellamy, l'intendant, vous plaît-il recevoir aujourd'hui mes comptes?

Mme Reine s'appuya sur le bras maigre de maître Bellamy et sortit de la chambre. De même qu'une odeur d'ambroisie resta.t sur le passage de Vénus, de même une douce musique de clés vibra dans l'air un instant après le départ de la jolie châtelaine.

Quand la porte fut retombée derrière elle, dom Sidoine regagna sa retraite, afin de donner un coup d'œil à ce certain manuscrit du IXe siècle.

Marcou de Saint-Laurent prit sa volée, sans songer à tirer les cheveux de Fier-à-Bras.

Aubry releva ses yeux sur Jeannine qui baissa les siens.

Fier-à-Bras s'approcha du bon écuyer.

— Maître Jeannin, lui dit-il, si vous voulez, votre fille sera la femme d'un chevalier !

Jeannin, étonné regarda le nain en face. Il eût mieux fait de regarder du côté de messire Aubry, qui disait à sa fillette .

— Jeannine, je vous en prie, ne me refusez pas; il faut que je vous parle !

Le nain riait à la barbe du bon Jeannin.

— Oui, oui, ajouta-t-il en songeant tout haut, et cette fois sans railler, oui, certes, et si tu avais autant de finesse que tu as de vaillance et de loyauté, mon ami Jeannin, ce ne serait pas une mésalliance pour le chevalier qui épouserait ta fille !

Jeannin étendit la main pour le saisir.

— M'expliqueras-tu les billevesées que tu viens me chanter depuis un mois, méchant lutin?... commença-t-il.

Mais Fier-à-Bras, se retournant soudain, lui glissa entre les jambes comme une couleuvre, passa sous la table et s'enfuit en riant.

VI

OÙ FIER-A-BRAS CONTINUE D'ÊTRE UN NAIN D'IMPORTANCE

Dans la cuisine on n'avait pas encore fini de dîner. La cuisine était, sans contredit, beaucoup plus gaie que la salle à manger. D'abord il y avait le cuivre brillant des chaudrons et bassins qui reluisaient allégrement à gauche de l'énorme cheminée. Ensuite le soleil de midi jetait deux larges rayons par les fenêtres à barreaux de bois, et mettait en lumière des myriades d'atomes qui joyeusement tourbillonnaient. Sous la cendre du foyer quelques tisons fumaient. Le soleil se glissait oblique, détachait la grande crémaillère de son fond de suie diamantée, et donnait à la spirale de fumée qui montait avec lenteur des tons de perle et d'azur.

Ferragus et Dame-Loyse, placés symétriquement aux deux coins du foyer et dormant du même sommeil dans une posture semblable, eussent révélé au plus naïf des grammairiens l'étymologie frappante et authentique du mot *chenet*.

D'autres chiens de races mêlées gagnaient leur vie sous la table, entre les jambes des convives, ou bien se disputaient un fond d'écuelle sur la terre battue et montueuse qui faisait office de plancher.

A la tête des serviteurs du Roz se plaçait un vieux couple : Mathurin et Goton, le mari et la femme. Mathurin était pour les

bœufs de labour et les chevaux de trait; Goton tenait la linge-
rie. On les regardait comme deux époux modèles : il y avait
quarante ans qu'ils se battaient avec fidélité en s'aimant de
même.

Venaient ensuite Pelo le bouvier-engraisseur, Mathelin, le
pasteur des gorets, et la petite Jouanne qui gardait les oies à
la mare.

Puis Josille le bûcheron, puis Bertrade la grosse trayeuse,
puis maître Andoux le reboutoux (*Rebouteur*, chirurgien
villageois.)

Maître Andoux soignait d'un zèle pareil les chrétiens et les
bêtes.

— A tout coup (1)! dit Josille, si c'est qu'on l'a vu, bien
vu, vraiment vu, v'la qu'est drôle, ma foi jurée ! Quoique tout
ce qu'on dit ne sont point paroles d'Évangile !...

— Boute-mâ un p'tit d'galette, Mathelin, cria Bertrade; et
quant à c'qu'est d'ça qu'on l'a vu, qui qui l'a vu?

— Qui qui l'a vu? répéta Josille de cet air qu'on prend pour
faire une réponse péremtoire et foudroyer l'incrédultié; à tout
coup, la Bertrade, ah ! dame, je ne sais point qui qui l'a vu,
mais sûr et certain, on l'a vu, aussi vrai que t'as un petit-z-yeu
et un grand-z-yeu... que ton petit ergarde à Dol, et que ton
grand, ergarde à Plédihen... Bédame !

Cette plaisanterie était du calibre voulu pour faire rire l'assistance. Bertrade, qui louchait, répliqua rondement :

— Oh ! là, là, mon Dieu donc, José, mon pauv'gars ! Quand
c'est que j'ergardais tout dret d'vant mé, j'veyais toujou ta
goule... (2) et doucettement, pour ne plus l'voir, ton bec, qu'est
d'traviole, j'mai habituée à ergarder gauchâ !

— Mon doux Jésus sauveur; s'écria la vieille Goton; v'là
comme les filles parlent més'hui ! hayen ! hayen ! t'es t'une
défrontée, la Bertrade !

---

(1) *A tout coup* est une redondance bretonne, une sorte de *verumenimvero*
armoricain. Un vrai bon gars de la haute Bretagne ne dit pas trois paroles
sans lâcher : à tout coup, qui se prononce : *at' coup*.

(2) Ta gueule, ta figure.

— Q'a n'a pourtant point commencé ! fit observer Mathurin, mari de la préopinante.

— Tu vas la soutenir, est-ce pas vrai, bonhomme? demanda-t-elle avec menace.

— Tu m'en empêcherais-ti, la bonne femme?

On avait vu des querelles, entamées moins vivement, aboutir à d'affreux combats entre Baucis-Goton et Philémon Mathurin. Heureusement que le paysan breton est tenace de sa nature et ne se laisse pas distraire volontiers de l'objet qui occupe sa pensée. Personne n'avait envie de voir les deux époux se livrer bataille. On voulait savoir.

Qui qui l'a vu? Voilà quelle était la grande question.

Car il s'agissait d'un être étrange et terrible, de l'Homme de Fer, du comte Otto Béringhem, le tueur d'enfants, l'ogre à la barbe bleue, le mécréant, etc. Tous ces noms étaient à lui.

— Allons ! allons ! vieille Goton ! dit Pelo le bouvier; allons ! Mathurin sans dents, la paix !

Suivant l'usage éternel, Mathurin et Goton allaient s'unir pour tomber à bras raccourcis sur le médiateur, lorsque la petite Jouanne, que sa langue démangeait depuis une heure, remit sur le tapis la question brûlante.

— Y en a plus d'un qui l'a vu, dit-elle, sans compter Yvon, le pâtour du Presbytère.

— Yvon l'a vu ! s'écrièrent à la fois cinq ou six voix.

Et personne ne s'occupa plus du vieux couple batailleur.

Jouanne rougit d'orgueil et de plaisir devant l'attention excitée par elle.

— Oui ! oui ! répondit-elle; je ne suis pas pour m'épouser avec Yvon, mais dame ! on se rencontre par les chemins; il a ses brebis, j'ai mes oies...

— Mais l'ogre ! l'ogre !

— On y vient... Y a donc qu'Yvon m'a trouvée hier au carrefour de la Croix-Marion, et comme je lui disais : « Bonjour à vous, Vonic, et chez vous? » j'ai vu qu'il était blanc comme un linge. « Quoi donc vous avez, Vonic? » j'ai fait. Il m'a

4

dit, dit-il avec une voix cassée : « Jouanne, ma fillette, j'ai les fièvres aussi dur qu'on les a pour aller en terre. »

— Et depuis quand, mon Vonic que vous l's avez?

— Depuis avant-z-hier ménuit, ma fillette Jouanne, que j'ai vu le démon dans les bois de la Gouesnières, qui courait, qui courait !... avec des chiens gares (1) qui soufflaient du feu par les nasilles, et des hommes rouges sur des chevaux noirs.

— Oh ! j'ai fait disant : Mon Vonic, t'avais ben les fièvres d'avant ça. Et c'est les fièvres qui t'ont bouté l'mauvais rêve !

— Non fait, non fait, qu'il m'a fait disant : J'étais en bon état, par ma fà, dame oui ! Que j'avais été voir ma bonne femme de mère à Saint-Méloir, et que j'avais mangé de la cœuré de veau fricassée dans du saindoux, bravement bon que c'était. En tournant o'l'va (2) de la Gouesnière j'ai ouï les pas des chevaux. et à tout coup, j'n'ai pas tant seulement pu me détourner, qu'ils sont passés roquant la montée au galop !

V'là, ce qu'il m'a dit, dirant : Pour un clos tout paré et semé je ne voudrais pas mentir, mes amis ! Et qu'il a ajouté, faisant :

— Ma Jouanne, le maître à tous avait une plume noire à son chaperon... et un pauvre petit enfant couché en travers sur le pommeau de sa selle !

Jouanne se tut.

Pendant le silence qui eut lieu, le petit éclat de rire sec et strident que nous avons entendu déjà derrière la haie de houx, sur la plate-forme, se fit ouïr du côté de la porte. Tout le monde tressaillit. La porte s'ouvrit brusquement, et la tête rouge du nain Fier-à-Bras se montra au ras du seuil.

Il s'élança, fit une gambade, sauta sur les genoux de dame Goton scandalisée, et de là sur la table où il s'accroupit dans un plat vide.

_____

(1) Blancs et noirs.
(2) O'l'va, en dessous ; o'l'pé, tout droit ; o'l'mont, au-dessus. O est l'abréviation de avec ou ovec, comme on prononce en haute Bretagne. O'l'va, avec le val, en descendant, o'l'pé avec le pays, en marchant droit, o'l'mont en montant, etc.

— Oh ! qu'on apprend de bonnes histoires, petite Jouanne, ma mignonnette, dit-il, quand on court la pretentaine avec les pâtours !

— Je ne cours pas la pretentaine !... s'écria Jouanne en colère.

Mais les rieurs étaient déjà du côté du nain. On ne songeait plus à trembler. Fier-à-Bras reprit :

— Jouanne, ma mignonnette, ne te fâche pas... et quand tu rencontreras Vonic au carrefour de la Croix-Marion, ou ailleurs, dis-lui qu'il a eu grand tort de prendre les fièvres pour si peu. Ce n'est pas l'Homme de Fer qu'il a vu sous le bourg de la Gouesnière, c'est Huguet, le vieil homme d'armes de Châteauneuf, avec ses quatre archers qui allaient boire du cidre doux a Saint-Benoît des Ondes. Et Vonic a vu trouble, ma petite Jouanne, car Huguet, le pauvre bonhomme, n'a ni chaperon, ni plume noire. Il porte une salade rouillée qui n'a pas été fourbie depuis le temps du duc Jean. Quant à la malheureuse créature qui était couchée en travers de la selle, ce n'était pas un enfant, c'était un homme !

— Et qu'en sais-tu, quart de damné? dit Jouanne.

— Oh ! mignonnette, te voilà bien marrie ! Ce que j'en sais? Par ma foi, c'était moi qui allais aussi boire du cidre doux à Saint-Benoît des Ondes et qui étais en travers de la selle du bonhomme Huguet... A preuve que j'ai vu ton Vonic qui s'enfuyait en brayant comme un âne.

Un éclat de rire général accueillit cette conclusion. Jouanne se mit à pleurer, la pauvre enfant. Fier-à-Bras triomphait. Non pas que ce fût un méchant nain; au contraire, c'était un bon nain. Mais c'était un nain.

Il sortit de son plat et fit deux ou trois tours sur la table, les mains derrière le dos, marchant à pas comptés avec beaucoup d'importance. Son caprice était de changer maintenant la gaîté revenue en frayeur, comme il avait changé naguère la frayeur en gaîté.

Il glissa un coup d'œil vers la fenêtre et vit qu'un gros nuage allait passer sur le soleil.

Fort de cette observation, il tourna le dos à la lumière, attendit un instant, et s'écria tout à coup :

— Ce soleil me gêne ! je le chasse !

L'ombre se fit comme par enchantement. Le nuage était sur le soleil. Les gens du Roz se regardèrent ébahis.

Le nain, apaisé par l'obéissance du roi des astres, reprit avec bonhomie :

— A la bonne heure ! je le laisserai revenir bientôt.

Le nuage était épais et les petits carreaux de la cuisine avaient une honnête couche de poussière. Tous les objets, éclairés naguère si vivement, se plongeaient dans un demi-jour obscur. Le feu rougissait sous la cendre. On ne riait déjà plus.

— Si Vonic, le pâtour, avait vu le Maudit en personne, reprit encore le nain d'une voix sombre, ce n'est pas les fièvres qu'il aurait eues, c'est le mal dont on ne guérit point, les gars et les filles : le mal d'enfer, qui tue !

Dame Goton fit le signe de la croix. En ce moment, Mathurin, son époux, aurait pu l'appeler vieille sorcière sans qu'elle lui jetât son écuelle au visage, tant telle était réduite par la terreur !

Personne ne souffla mot.

— Il passe, de nuit, sur la grève, continua Fier-à-Bras en scandant chacune de ses paroles; il va tout seul. Son cheval est noir comme un charbon éteint, noir avec un triangle blanc entre les deux yeux. Il est grand. On voit sa tête au-dessus du brouillard comme la cime du mont Saint-Michel. Il est muet. Dans la forêt d'Andaine, j'ai vu les feuilles des arbres se tordre en pétillant et tomber desséchées, parce qu'il avait respiré !

Vous eussiez trouvé autour de la table toutes les figures pâles, tous les yeux agrandis ou baissés. Les hommes cherchaient dans leur pochette la croix bénite de leur chapelet. Le nain poursuivait, debout au milieu de la table, les bras croisés sur sa poitrine, et rythmant sa parole comme un chant :

— Entre Pontorson et Avranches, le sol est couvert de cabanes et de tentes. Les étrangers sont venus de tous les pays chrétiens pour honorer monseigneur saint Michel dans sa basilique.

Chaque jour la grève ouvre et referme ses sables sur bien des cadavres.

Car les étrangers ne savent pas les dangers des grèves.

Mais tous les cadavres qui se cachent sous le sable ne sont pas les victimes des tangues mouvantes.

L'homme de fer, le mécréant, l'ogre d'Allemagne, le comte Otto Béringhem, vient en aide aux tangues et à la mer.

On sait bien cela, les gars et les filles, mais qui oserait s'attaquer au comte Otto Béringhem, l'Homme de Fer?

Souvent la pauvre étrangère, qui a traversé tant de contrées pour arriver au terme du pèlerinage, s'endort sous sa tente avec son enfant à ses côtés. Quand l'aube vient, elle s'éveille. Son enfant n'est plus là, son enfant chéri.

C'est le comte Otto qui a glissé sa main damnée sous la toile de la tente.

Le fiancé à dit à sa fiancée : A demain !

Et les beaux rêves qu'il fait en attendant le jour !

Le jour se lève. Où est la fiancée?

Le comte Otto saurait le dire.

Voici un jeune garçon qui aura quatorze ans viennent Pâques fleuries. On lui apprend le catéchisme afin qu'il fasse sa première communion comme le fils d'un chrétien. Son père et sa mère ont épargné sur le nécessaire de chaque jour, pour lui donner un beau vestaquin de toile grise, feutrée de laine, et des sandales peintues en bon cuir tanné.

Oh ! l'enfant heureux !

Les cloches sonnent à la paroisse. On sent les feuilles de roses et le buis coupé menu, comme un jour de Fête-Dieu ! Qu'il vienne, l'enfant avec ses habits neufs et ses cheveux blonds peignés par sa mère attendrie. Mais qu'il vienne ! on l'attend.

Hélas ! Seigneur ! l'enfant ne viendra pas ! Le comte Otto avait marqué d'une croix la pauvre porte de son père !...

On eût dit que le nain s'était transfiguré au feu d'une inspi-

ration étrange et soudaine. Son visage pâle ressortait sous
ses cheveux sanglants. Ses yeux brillaient. Sa voix avait de
l'harmonie. Les gens du Roz étaient sous le coup d'un
charme.

— S'il marche seul, le comte Otto, la nuit, sur son cheval
noir, poursuivit encore le nain en changeant de ton, ce n'est
pas qu'il manque de serviteurs.

Il a cinquante hommes d'armes mieux équipés que les
gardes écossais du roi de France.

Il a un chapelain habillé en évêque, quoique notre Saint
Père ne l'ait point mitré.

Il a douze chanoines hérétiques pour sa chapelle, qui est
une cathédrale, quoique de croix sur l'autel point il n'y ait,
vraiment.

Il a douze pages et douze damoiselles suivantes plus belles
que des fées.

Il a de l'or, de l'or et des rubis, et des diamants et des perles !

Trois sorciers : un Sarrasin, un Napolitain et un Juif
cherchent pour lui, le jour et la nuit, dans les grimoires, la
science de l'immortalité.

Où dort-il?...

Écoutez ! quand le ciel est clair, avez-vous vu, du rivage,
ces points sombres qui tachent la mer embrasée?

Loin, bien loin, si loin que l'œil se fatigue à deviner ce qu'il
voit.

Ce sont des îles.

Dans la plus grande de ces îles, le comte Otto a son palais,
dont les colonnes sont d'or et de porphyre.

C'est là qu'il verse le sang des enfants et des femmes dans
des vases de jaspe et de cristal.

C'est là !

Pour se défendre, il a la grande mer et l'aide du démon.

Il a ses hommes d'armes, sa lance et ses maléfices. Et cependant, il sera tué..

Allons ! soleil ! reviens si tu veux !

Fier-à-Bras avait guetté de l'œil le passage de la nuée. Le

soleil, docile, inonda la vaste cuisine et fit danser de nouveau la poussière dans ses rais larges et dorés.

Fier-à-Bras n'était plus un nain, c'était un géant.

Les bonnes gens du Roz avaient envie de s'agenouiller autour de lui et de baiser la poussière de ses sandales usées.

VII

L'ÉGLISE ET LE CIMETIÈRE

Fier-à-Bras l'Araignoire était évidemment satisfait de l'effet produit par son éloquence. Il avait grand'peine à garder sa gravité. Des gens moins complètement subjugués que les braves paysans assis dans la cuisine du Roz auraient découvert, à des symptômes infaillibles, que la nature espiègle du nain allait bientôt prendre le dessus, et que tout ce lyrisme devait finir en comédie.

Par le fait, Fier-à-Bras était en équilibre entre deux fantaisies.

La première le poussait à prolonger cette solennelle épouvante qui serrait le cœur de son auditoire. La seconde l'excitait à faire jaillir brusquement le rire du beau milieu de cette terreur.

La chose était malaisée. Mais le nain n'était point modeste. Eût-il été nain sans cela?

La première fantaisie cependant l'emporta. Il préféra le drame à la comédie. Seulement il changea encore une fois de ton et abaissa un peu le vol de son Pégase.

— Mes amis, poursuivit-il en prenant cette voix de conteur sans emphase qui n'exclut point le mystère et appelle l'intérêt, l'Homme de Fer sera tué, devinez par qui? Voyons, devinez! Personne ne répond? je vous ai fait peur avec ce soleil? Oh ! oh ! je sais bien d'autres rubriques ! Mais il ne s'agit ni du soleil ni de moi, ni des relations que nous pouvons avoir ensemble. Parlons du Maudit.

Le comte Otto Béringhem qui a la barbe bleue sera tué, non point par un tribunal de hauts barons et d'archevêques, comme Gilles de Laval, baron de Raiz;

Non point par les soldats du roi Louis de France;

Non point par les hommes d'armes de François de Bretagne;

Non point par la lance d'un chevalier;

Non point par la foudre de Dieu tout-puissant :

Le comte Otto Béringhem, l'Homme de Fer qui a la barbe bleue périra par la main d'une femme !

— D'une femme ! répéta tout d'une voix l'assistance, réveillée à ce coup.

— D'une jeune fille, reprit Fier-à-Bras; et ce n'est pas moi qui le dis. Je ne suis pas sorcier, quoique vous en ayez, mes braves gens. Je ne suis non pas plus assez saint pour que Jésus ou la Vierge me révèle l'avenir... Avez-vous entendu parler d'Enguerrand le Blanc, l'ermite du mont Dol?

— Si nous avons entendu parler du bienheureux Enguerrand ! s'écria dame Goton.

— Femme, retiens ta langue ! fit Mathurin.

— De quoi ! Tu m'empêcheras peut-être de dire que c'est le bienheureux Enguerrand qui a béni mon rosaire !

— Je dis que tu ferais mieux d'écouter !

— Et toi, tu ferais mieux de te taire !

— Patience des anges ! s'écria Mathurin sans dents en serrant les poings. J'ai envie...

— De quoi? de quoi as-tu envie, l'homme? riposta la bonne femme en prenant sa posture de combat.

— La Goton, prononça Fier-à-Bras d'un ton sévère, les chapelets que bénit le saint ermite du mont Dol se changent en couleuvres dans la poche des méchantes femmes !

— Oh ! gronda Mathurin, la femme doit avoir une couleuvre sous son tablier, alors, pour sûr !

— La paix ! Le matin de la Noël dernière, le bienheureux

Enguerrand était sur le pas de son ermitage avec sa vache blanche qu'il appelle Alba. L'Homme de Fer chassait à courre dans le marais. L'ermite faisait ses oraisons au pied du mont Dol. Une belle petite chevrette grimpa la bruyère et vint se cacher derrière la vache qui broutait à côté du saint homme. L'ermite étendit la main. Les chiens courants passèrent au loin, sans plus flairer la trace de la chevrette.

Mais un cavalier monta tout droit à l'ermitage, un cavalier à la barbe bouclée, noire avec des reflets bleus comme la mer.

— Je suis le comte Otto Béringhem, dit-il, fais retirer ta vache, vieillard, afin que je mette l'épieu dans le ventre de mon gibier.

— Tant pis pour toi, si tu es le comte Otto Béringhem, répondit l'ermite; ton gibier est à moi, puisqu'il est à l'ombre de ma croix de pierre. Passe ton chemin, et je prierai Dieu qu'il t'envoie des pensées de pénitence.

L'ogre se prit à rire.

— Moi, cagot, s'écria-t-il, je prierai le diable qu'il t'envoie de bonnes pensées d'amusette... Fais retirer ta vache !

Comme l'ermite ne répondait point, Otto leva l'épieu qui s'enfonça jusqu'au manche dans les flancs d'Alba, la vache blanche. L'ermite tendit encore la main. L'épieu sortit de la blessure et tomba à terre. Il n'y avait pas une seule goutte de sang au fer. La vache blanche continuait de brouter; la chevrette s'était couchée et soufflait.

Le comte blasphéma et tira son épée.

Le saint ouvrit son livre d'évangiles.

L'épée du comte se courba au vent et se balança. Elle s'était changée en glaïeul...

— Oh ! là, là ! fit Josille. Ah ! mon Dieu donc !

— Ah dame ! ah dame ! s'écria Pelo; c'est-i possible !

Et tout le monde d'ouvrir les yeux, la bouche et les oreilles ! Mathurin et Goton s'étaient mutuellement oubliés, ce qui était le *nec plus ultra* de l'allégresse dans leur ménage.

— En glaïeul ! répéta le nain; et qui fut penaud? je vous

le demande ! Le comte Otto jeta son épée et voulut s'élancer sur la chevrette. Le saint étendit la main pour la troisième fois. Otto recula en chancelant, comme si sa tête eût rebondi contre un mur de granit.

Il n'y avait pourtant rien, les gars et les filles, rien que la volonté du saint homme, qui était la volonté du Seigneur.

Le comte Otto voulut alors frapper l'ermite lui-même. Son bras retomba, inerte et paralysé, le long de sa hanche.

— Allons, dit-il, tu es plus avancé que moi dans la science magique, vieillard ! Je te salue comme mon maître, et je te fais hommage. Si tu veux venir avec moi, dans mon palais des Iles, tu seras honoré, choyé, adoré ! Tu boiras les vins d'Italie de Grèce et d'Espagne dans des coupes d'or. De belles jeunes filles, blanches comme la fleur des lis ou dorées comme les topazes du sceptre de Salomon qui dort au fond de la mer Persique, dénoueront les cordons de tes sandales. A un signe de ta main, cent hommes d'armes se lèveront. La musique d'Orient bercera ton sommeil. Quant tes yeux s'ouvriront, ce sera pour admirer la danse enchantée des filles de Ptolémaïs ou de Tyr... Tu seras mon seigneur, si tu veux !

L'ermite lui répondit :

— Va-t'en !

Et comme l'Homme de Fer insistait, énumérant les joies païennes de son palais des Iles, l'ermite lui dit encore :

— Tu perds ta peine, réprouvé ! J'ai mieux que cela : j'ai la croix de mon Seigneur Dieu !

Le comte Otto mit un genou en terre.

— Vieillard, dit-il, saint vieillard ! je confesse ma faiblesse devant toi... oublie mes menaces ; exauce ma prière : dis-moi quelles seront ma vie et ma mort.

Le bienheureux Enguerrand ferma ses paupières et se recueillit.

Pendant cela l'Homme de Fer restait à genoux sur la terre mouillée.

— Je le veux, répliqua enfin le saint ; je te dirai ta vie et ta mort...

— Or, c'est ici qu'il faut écouter, mes amis, dit Fier-à-
Bras l'Araignoire en s'interrompant, ouvrez l'oreille et ne
soufflez !

Dieu sait que les bonnes gens du Roz n'avaient pas besoin
de ce stimulant nouveau. Le nain reprit :

— Voici ce que le saint Enguerrand, ermite du mont Dol,
dit au comte Otto Béringhem : « Tu t'appelles Othon, du nom
de ton grand-père qui est aux pieds de Dieu et n'ose plus
prier pour toi ; tu es réprouvé trois fois, puisque ton aïeul est
un juste. Ta vie a été et sera : blasphémer le fort, écraser le
faible. Tu es Satan sur la terre. Quand la Vierge Marie regarde
du haut des cieux, Satan foudroyé retombe au plus profond
de l'abîme... Homme de Fer, bourreau des femmes et des enfants, tu mourras de la main d'une jeune fille ! »

. . . .

C'était une pauvre petite église au clocher gris et pointu,
levant son coq au-dessus des ifs du cimetière. A l'heure où le
nain éblouissait les bonnes gens du Roz en leur faisant accroire
qu'il commandait au soleil, la porte latérale de l'église s'ouvrit.
Une femme entra.

Elle traversa la nef à pas lents et vint s'agenouiller devant
l'autel.

A part cette femme, l'église était complètement déserte.

Le nuage opaque et noir qui couvrait le soleil jetait dans la
nef modeste de mystérieuses obscurités. L'air humide rendait
ces austères senteurs des églises : parfums perdus d'encens,
sueurs des dalles, haleine des vieux saints dans leurs niches de
pierre.

Reine de Kergariou, car c'était elle, resta un instant pros-
ternée, puis elle fit le tour de l'autel et gagna le chœur.

Au milieu du chœur, il y avait deux pierres tombales. Sur
la première se lisait le nom de Messire Hugues de Maurever ;
sur la seconde le nom d'Aubry de Kergariou.

Entre les deux tombes, il y avait un coussin, affaissé par le
fréquent usage.

C'est que Reine venait là tous les jours depuis cette nuit où

vint le messager de deuil qui lui dit : « Messire Aubry est
mort ! »

Mort, l'épée à la main, comme un noble homme, avec un
coup de lance à travers la poitrine.

Oh ! c'est que ç'avait été une belle, une fidèle tendresse
entre Aubry et Reine, depuis les jours de leur enfance : une
de ces tendresses que le danger relève et qui grandissent devant
l'idée de la mort.

Reine se souvenait ici. Une nuit Aubry, prisonnier, était
dans la cage de granit, sous les fondements du couvent de
Saint-Michel; Reine vint, malgré la mer et les sentinelles,
pour lui tendre la lime qui devait couper ses chaînes, et le bout
de ses doigts à baiser.

Que de souffrances, mais que d'espoirs ! souffrances guéries,
espoirs couronnés par la bénédiction du mariage...

Et l'enfant que la bonté de Dieu leur avait donné plus tard.
autour de son berceau que de larmes douces et que de chers
sourires ! Il avait les grands yeux de Reine et les beaux cheveux d'Aubry. C'était le fils de l'amour chrétien; c'était l'héritier; c'était le trésor !

Reine venait ici parler du cher enfant à la tombe de l'époux
tant pleuré.

Hugues de Maurever, lui, le père de Reine, était mort dans
son lit, le crucifix sur la bouche. En mourant, il avait dit :
« Dieu sauve la Bretagne ! »

Et parmi les amertumes de son agonie, le voile de l'avenir
s'était soulevé. Il avait pleuré d'avance la Bretagne morte,
lui, le vieux Breton, à l'heure de mourir.

Reine était agenouillée sur le coussin entre les deux dalles.
Le temps s'écoulait; l'église restait déserte. Reine priait et
songeait tour à tour...

Au dehors, parmi les tombes vassales du cimetière, il
y avait une croix de granit noir de Fréhel. Sur la croix on
lisait :

Priez pour Simonnette Le Priol, femme de Jeannin, écuyer.

Et des fleurs, et une couronne toute fraîche, pieux ouvrage

de Jeannine, qui ne laissait point passer une seule matinée
sans visiter le tombeau de la mère.

Comme l'église, le cimetière avait un hôte, un seul : Jeannin,
le mari veuf de Simonnette.

Elle s'en était allée, toute jeune et toute belle, la pauvre
Simonnette, un soir de printemps, exhalant son dernier soupir
avec les premiers parfums des fleurs de mai. Elle avait été
femme dévouée et tendre.

Jeannin se tenait debout, sous le feuillage sombre de l'if.
Sa tête était découverte; ses cheveux blonds, que le casque
ne comprimait plus, enflaient leurs boucles lustrées autour
de son front pur et ferme, où pas une ride ne se montrait. La
beauté singulière de Jeannin n'avait rien d'efféminé; sa chevelure, il est vrai, eût paré même un front de femme, mais
le bronze de son mâle visage dessinait fièrement les grandes
lignes de ses traits.

Franchise, force, vaillance, douceur, simplicité par trop
naïve, peut-être, telle était l'expression de sa figure.

Lui aussi tournait un long et mélancolique regard vers le
passé heureux.

Les mille bruits de la campagne venaient à lui sans troubler
sa méditation. Il était immobile : une larme se balançait aux
cils baissés de sa paupière.

Le soleil s'inclinait à l'horizon, lorsqu'il s'éveilla de ce rêve
triste et bien-aimé. Il baisa le pauvre nom de Simonnette
sur la croix de granit.

A ce moment, Mme Reine sortait de l'église. Elle venait
de baiser le nom d'Aubry sur la pierre blanche. Elle tendit la
main au bon écuyer.

— C'était une bonne et digne créature ! murmura-t-elle.

— Et qui vous aimait, noble dame, ajouta Jeannin d'une
voix tremblante, du meilleur de son cœur !

Reine regarda la croix; elle retira sa main, où l'écuyer
mettait respectueusement ses lèvres.

— Jeannin, dit-elle avec une émotion soudaine; ne crois
pas que je déteste ta fille...

— Oh ! noble dame ! qui pourrait penser cela...

— Ne me juge pas, poursuivit Mme Reine comme si elle ne l'eût point entendu, n'essaye pas de me juger ! Ils sont heureux ceux qui sont là, bien heureux !

Elle montrait du doigt la terre du cimetière. Sa tête s'inclina sur sa poitrine; quand elle se redressa, l'expression de sa figure avait changé complètement.

— Écoutez, ami Jeannin, reprit-elle avec sécheresse; il faut marier Jeannine à quelque honnête homme de sa condition. Il est temps. Je le veux !

VIII

COMPÈRE GILLOT

Le mont Saint-Michel était comme un géant sombre au milieu des grèves inondées de lumière. Sur le rocher noir, les hautes et fortes murailles se dressaient, surmontées par les édifices du monastère, au-dessus desquels l'église s'élançait hardiment. Au-dessus de l'église, la Merveille tenait en équilibre son campanile fier, couronné par la statue d'or de l'Archange.

Les vitraux de l'église brillaient comme autant d'étincelles au milieu de cette masse d'ombre, et la statue ailée de saint Michel s'enflammait de tous les rayons de midi.

Il y avait au dernier étage des bâtiments qui servaient de retraite aux religieux, une petite cellule dont la fenêtre étroite s'ouvrait sur la baie. On voyait de là Cancale, la Houle, les côtes de Cherrueix, Tombelène et les îles, quand le jour était clair. Cette cellule était si haut montée qu'elle atteignait presque la base du campanile. Un pauvre vieux moine convers l'habitait.

Un moine qui avait été soldat dans sa jeunesse, car il contait de bonnes histoires de guerre. Ses jambes de soixante ans devaient peiner grandement, quand il montait les centaines de marches qui conduisaient à son réduit. Mais il était encore vert et il avait du courage. On l'appelait frère

5

Bruno. Ses ennemis (qui n'a pas d'ennemis en ce monde méchant?) l'avaient surnommé Bruno la Bavette.

Ce sobriquet faisait allusion au flux de paroles qui était
la maladie chronique, incurable de l'excellent moine convers.

C'était à peu près l'heure où s'achevait le dîner des maîtres
au manoir du Roz. Frère Bruno était seul dans sa cellule, ce
qui ne l'empêchait point de causer très activement.

— Oui, oui, bien ! disait-il en arrangeant les draps de sa dure
couchette; oui, oui, oui... oui, oui... oui ! C'est moi qui me trompais, j'en conviens; c'est tout ce que peut faire un homme !...
Et en voilà assez, n'est-ce pas? Puisque j'avoue que je me suis
trompé, c'est fini ! *Errare humanum*, comme dit le prieur:
perseverare autem diabolicum ! Quoiqu'on se trompe souvent de
bonne foi ! Et alors... mais voilà ! Je croyais que c'était en l'an
vingt-huit, et je me rappelle bien à présent que c'était avant
ma querelle avec Benoît de Gévezé, qui me donna un coup
de cisaille à couper les haies, pour ce que j'avais crié à sa
ménagère en sortant de vêpres : Dieu vous garde ! ma jolie
Catiche ! Et ça me fait souvenir de son frère... le frère de
Catiche, s'entend, qui était pour lors le beau-frère de Benoît
et qui s'appelait... qui s'appelait...

— Bernard, pardienne, mon vieux !

— Non, mon fils, ce n'était pas Bernard...

— Mais si...

— Que nenni ! que nenni ! Je n'ai pas la berlue !

— Est-il entêté, ce vieux baudet !

— Bon te voilà parti ! Tu te mets en colère pour rien ! on
discute et on ne se fâche pas ! C'est ma manière à moi... Si tu
veux te fâcher, je n'en suis plus.

L'interlocuteur à qui frère Bruno avait avoué loyalement
qu'il se trompait était frère Bruno la Bavette. L'homme à qui
frère Bruno reprochait avec modération ses emportements
était pareillement frère Bruno

Le bonhomme était arrivé à cette suprême perfection de la
science bavarde qui se passe de la réplique ou plutôt qui se
la donne. Narcisse s'admirait dans le cristal des fontaines. Le

bavard, parvenu au *summum* de son art, n'a même pas besoin d'un écho pour prolonger son ingénieuse et solitaire causerie.

Il cause, il discute, il prouve, il refute. On a vu des bavards, dédaignant le duo monotone, se lancer dans le trio et aborder même les difficultés de la partie carrée. Entre tous les mortels, ces bavards sont heureux.

La chaleur que frère Bruno mettait dans sa discussion avec lui-même, l'empêcha d'entendre un bruit provenant de la marche d'un homme qui furetait avec précaution dans le corridor. Cet homme n'était ni un moine ni un habitué du couvent, car il semblait aller un peu à l'aventure.

Ce pouvait être un des nombreux pèlerins qui affluaient au Mont depuis quelques semaines. Ce pouvait être aussi un vassal de la suite du roi de France.

En admettant cette dernière hypothèse, le costume de notre homme ne faisait, en vérité, point d'honneur à la magnificence du plus puissant monarque de ce siècle. Il portait des chausses étriquées en futaine grise, qui accusaient un long usage et se pelaient aux jointures de ses jambes maigres. Son surcot de drap brun affectait au contraire une certaine ampleur. Sa coiffure était un bonnet à bateau, dont les bords repliés carrément formaient cette visière tombante qui caractérise encore de nos jours les devantières des pêcheurs montois.

Sur sa poitrine, entre les plis de son surcot, on apercevait pourtant les deux bouts d'une chaîne dorée, qui devait soutenir un objet caché dans son sein.

Ce personnage avait dans son allure quelque chose de particulièrement mystérieux.

Quinze ou vingt cellules donnaient sur le corridor. Notre homme au surcot brun marcha de porte en porte, lisant les noms de religion écrits sur chacune d'elles.

— Frère Pacôme, frère André, frère Hilaire...

Il passait. Ce n'était ni à frère Pacôme, ni à frère André, ni à frère Hilaire qu'il voulait présentement parler.

Enfin, il lut sur une des dernière portes : Frère Bruno.

Il s'arrêta, et sa main sortit des larges manches de son surcot pour tirer la petite corde qui pendait au dehors, et qui communiquait avec la targette intérieure.

Mais sa main hésita au moment d'ouvrir, et il se prit à écouter.

— Allons! grommela-t-il, voilà je ne sais combien de centaines de marches raides montées en pure perte ! le bonhomme n'est pas seul !

— Non, disait-on dans la cellule; non, moi je ne comprends pas ça ! Entre amis, pourquoi se disputer?

— Mais qui songe à se disputer avec toi, mon cher camarade?

— Toi ! c'est clair !

— Pas du tout ! c'est toi ! ton caractère est insupportable !

— Ah çà ! se dit notre homme au surcot brun, qui avait déjà fait deux ou trois pas pour se retirer : ces gens se querellent avec une seule voix !

Il revint et mit son œil au trou de la ficelle. Quand il se redressa, son visage bilieux et jaune, où brillait une remarquable intelligence, était éclairé par un rire silencieux. Il tira la ficelle sans plus hésiter et entra dans la cellule.

— Oh ! oh ! s'écria frère Bruno en interrompant brusquement la dispute commencée; bonjour, l'homme ! Vous auriez pu frapper avant d'entrer.

— Mon digne frère... commença l'étranger.

— Bon ! bon ! l'ami ! vous paraissez avoir la langue bien pendue. Mais, je n'aime pas beaucoup les bavards...

— C'est ce qu'on dit, mon frère.

— Pour ça, je suis bien connu ! Donc, réglez-vous là-dessus, je vous prie. Soyez bref, concis et précis.

— Je tâcherai, mon frère.

— Comment vous appelez-vous? Qui êtes-vous? Que voulez-vous?

— Mon frère, répondit doucement l'étranger que ce ton important du moine servant ne semblait offenser en aucune manière, je m'appelle Gillot du nom de mon père, taillandier de fer à Tours en Touraine, et Pierre sur les fonds du saint

baptême. Je suis valet de maître Olivier le Dain, barbier juré
du roi, et je viens de la part dudit maître Olivier pour vous
demander des renseignements...

— Maître Olivier le Dain et maître Tristan Lhermite!
murmura le moine; le rasoir et la corde! Et pourquoi maître le
Dain n'est-il pas venu lui-même!

— Le service de Sa Majesté...

— Bien! bien! l'homme! vous devriez dire à votre honoré
maître de vous faire un peu le poil, car vous l'avez long et
rude.

Pierre Gillot eut un humble et honnête sourire.

— Mon cher frère Bruno, dit-il, vous êtes d'un caractère
joyeux et tout aimable. C'est le prieur claustral qui vous a
indiqué à mon maître, lui disant que vous connaissiez par le
menu toutes les familles des pays dolois, dinannais et malouin,
sachant les chroniques...

— Ah! la langue! la langue que vous avez, notre ami!
s'écria Bruno; mes oreilles en tintent! Quant à savoir de
bonnes aventures, oui, oui! Et des chroniques, passablement!
Pourquoi? Parce que j'ai porté l'épée avant d'égrener le rosaire...

— Vraiment! interrompit Pierre Gillot.

— Pour Dieu! laissez-moi souffler un pauvre mot! Vous
me rappelez, pour la figure que vous avez citron et pour la
voix que vous avez doucette, le pauvre Alary de Tréguier, qui
fut pendu en l'an trente-six, pour le vol d'un encensoir à la
chapelle de Saint-Gabin...

Pierre Gillot se signa.

— Le vol d'un encensoir, mon frère! s'écria-t-il.

— Oh! fit Bruno mécontent; croyez-vous être meilleur
chrétien que moi, l'homme? Cela me fait souvenir...

Pierre Gillot lui prit la main d'une façon tout insinuante.

— Souffrez que je m'acquitte de mon message, dit-il, je ne
suis qu'un pauvre serviteur, et si je tardais à revenir, on me
gronderait. Parmi les familles de la frontière bretonne, j'entends les familles nobles, mon maître voudrait en trouver une,
ou plutôt un membre de cette famille-là, qui fût en situation

de tenter un coup hardi pour acquérir une fortune nouvelle
ou pour reconquérir une fortune perdue.

— Oui-dà ! et c'est maître Olivier qui tient cette fortune dans
sa main?

— Maître Olivier... ou le roi de France.

— Oui-dà ! répéta Bruno, eh bien, Pierre Gillot, mon ami,
toutes les familles bretonnes, de même que toutes les familles
des autres pays, aiment assez à faire fortune quand elles sont
pauvres. Quand elles sont riche, elles ne répugnent pas beaucoup à augmenter leurs domaines. C'est donc une question
de hardiesse...

— Précisément.

— Ou d'honneur ! acheva le moine convers qui regarda
son interlocuteur en face.

Celui-ci baissa les yeux.

— Et peut-on savoir, mon ami Pierre Gillot, de Tours en
Touraine, reprit Bruno, à quoi maître Olivier le Daim compte
employer la susdite hardiesse?

— A une œuvre loyale, mon frère, qui rapprochera le roi de
France et le duc de Bretagne.

— Ah ! que tu parles bien pour un valet de barbier, mon
ami Gillot, que tu parles bien ! Alors, c'est une famille honorable qu'il te faut?

— Très honorable.

— Et dont le chef soit un peu prêt à tout? Car c'est un
homme que tu demandes?

— C'est un homme.

— Un chevalier?

— S'il se peut... En tous cas, un gentilhomme qui ait ses
entrées auprès du duc François.

— Ah? que je vois bien ton affaire, mon Gillot ! Un trop
grand seigneur ne te vaudrait rien?

— C'est vrai.

— Tais-toi, mon homme ! ta langue te perdra ! un trop grand
seigneur ne se risquerait pas assez, n'est-ce pas? Mais un pauvre
chevalier, brave comme un lion, ambitieux comme on l'est

quand on a un fils de dix-huit ans qu'on voudrait mettre sur
un trône, tant on l'adore, cet enfant-là !... Un chevalier connu
personnellement du duc François... chéri de ses pairs, idolâtré
de ses vassaux...

— Où est-il ce gentilhomme? demanda Gillot vivement.

— Où il est, mon compère Gillot, de Tours en Touraine, dit
Bruno avec un sourire sec. Il est là où nous irons tous, sur la
semaine ou bien le dimanche, comme disait le greffier Rocher,
qui était en même temps marguilier de l'église de Fougères. Il
est au cimetière, là-bas, en la paroisse du Roz, qui était de son
domaine.

Pierre Gillot avait froncé légèrement le sourcil.

— Ah ! mais ! s'écria le moine, voilà qui faisait un chevalier,
ce messire Aubry de Kergariou ! le petit Jeannin, du bourg des
Quatre-Salines, que j'appelais autrefois Peau-de-Mouton (à
cause qu'il en portait une trouée en guise de surcot, mon
compère) et qui est aujourd'hui un homme d'armes aussi robuste que Dunois ou Pothon, mais je parle du temps passé, le
petit Jeannin m'a conté la mort de messire Aubry... Ah ! mon
compère Gillot, de Tours en Touraine, sa mort fut celle d'un
héros et d'un saint ! Ce fut devant Montlhéry, cette nuit où le roi
Louis abandonna son camp et son armée pour se sauver en
Normandie...

Pierre Gillot se détourna et fit mine de regarder la mer par la
petite croisée de la cellule.

— Messire, Aubry, continua Bruno, avait été séparé de ses
bonnes lances, il était entouré par les Français qui ne donnaient
guère merci aux Bretons, vous le savez bien; messire Aubry
était seul avec Maître Loys, son grand lévrier noir, qui ne le
quittait jamais et qui était déjà vieux. Ce maître Loys a laissé
une chienne, Dame-Loyse, qui est au logis là-bas. Donc, la lance
de messire Aubry se brisa, son épée se rompit, sa hache d'armes
tomba en morceaux avant qu'il eût une seule blessure. Mais
quand sa main fut désarmée, on le perça tout à loisir. Le petit
Jeannin courait les champs à la recherche de son maître; il le
trouva au milieu d'une demi-douzaine de Français morts.

Maître Loys, éventré, baignait dans son sang et ne respirait
plus. Messire Aubry leva la tête et dit :

— Ma vie à mon seigneur le duc, mon âme à Dieu, ma dernière pensée à Mme Reine et à mon cher enfant.

— Ah ! ah ! fit Pierre Gillot qui écoutait avec résignation,
il y a un enfant?

— Un beau jeune gentilhomme.

— Quel âge a-t-il?

— Attendez, mon compère...

Frère Bruno se mit à compter sur ses doigts.

— C'était en l'an cinquante, murmura-t-il ; cinquante, je dis
bien ; le vieux seigneur Hue de Maurever avait ajourné notre
duc François Ier à comparaître dans quarante jours devant
le tribunal de Dieu, pour répondre du meurtre de son frère,
Monsieur Gilles de Bretagne. Le duc François avait mis à prix
la tête de Monsieur Hue. Le coquin de Méloir voulait épouser
Reine, fille du vieux chevalier ; il se mit aux trousses du père
pour avoir la fille. Comment trouvez-vous cela? Les soudards de
Méloir incendièrent le village de Saint-Jean et les vassaux de
Maurever, quittant leurs maisons brûlées, vinrent se réfugier
au rocher de Tombelène avec leur maître... Ah ! ah ! j'y étais
aussi, car je m'étais échappé du couvent pour aller me battre...
de quoi, mon compère Gillot, de Tours en Touraine, j'ai dû
faire pénitence, c'est vrai, mais je m'en étais donné ! ah ! glorieux archange ! nous élevâmes un rempart en une nuit. C'est là
que je vis bien que Jeannin, le petit coquetier, deviendrait un
fier homme d'armes ; je lui disais : Peau-de-Mouton, mon ami...
Mais s'il fallait répéter tout ce que je lui dis cette nuit-là, nous
resterions ici jusqu'à demain matines. Il y eut de bons coups.
Le chevalier Meloir mourut ensablé par les *lises*, parce que
Peau-de-mouton, qui avait les cheveux blonds comme une
fillette, s'était déguisé en fée des Grèves pour tromper sa poursuite... Mon compère, entendîtes-vous parler quelquefois de la
fée des grèves?

— Non, jamais, répondit Pierre Gillot sans défiance.

— Eh bien ! reprit frère Bruno la Bavette, je vais vous

conter par le menu dix ou douze bonnes aventures qui vont
nous mener tout doucement jusqu'à l'heure du souper. Asseyez-
vous là, mon compère.

— Mon bon frère, répliqua Gillot, je veux bien m'asseoir, car
je me plais singulièrement en votre compagnie, mais j'écoute-
rai une autre fois vos aventures. Aujourd'hui occupons-nous
des ordres de mon maître.

— A votre volonté, mon ami : Dieu merci, je n'aime pas
beaucoup raconter des histoires. Où en étions-nous? à l'âge
de l'enfant que vous vouliez connaître. Eh bien ! l'enfant qui
s'appelle Aubry, comme son père, peut avoir dix-sept ans et
demi.

— C'est trop jeune.

— Il s'agit donc d'une bien importante besogne !

— Une affaire d'État.

— Aïe ! mon compère ! s'écria le moine; une affaire d'État
menée par le Dain le barbier ! ça doit être noir comme sac à
charbon ! Je ne suis pas encore descendu plus bas que l'église
depuis l'arrivée du roi de France au monastère, car mes pauvres
jambes n'en veulent plus, mais j'ai ouï dire que cet Olivier le
Dain était l'âme damnée de son maître.

— Si vous connaissiez le roi, mon bon frère... commença
Pierre Gillot.

— Je le connais de renommée, mon compère...

— Écoutez, interrompit Gillot; le prieur m'a affirmé que
vous étiez un homme de grand sens et de bon conseil...

— C'est donc pour me tenir en humilité chrétienne que le
prieur me dit toujours à moi que je suis un vieux fou !

— Le temps me presse et mon maître m'attend. Avec vous je
ne veux pas aller par quatre chemins; je suis venu parce que je
sais que vous avez d'anciennes relations d'amitié avec ce Jeannin dont vous avez prononcé le nom...

— Jeannin des Quatre-Salines?

— Jeannin l'homme d'armes, qui sera chevalier demain, si
vous voulez.

— Merci Dieu ! s'écria le moine, si je le veux ! Jeannin est la

meilleure lance du monde entier, mon compère ! et son cœur
vaut dix fois mieux que sa lance ! mais...

Il s'arrêta et regarda pour la seconde fois en face son mystérieux visiteur.

— Mais depuis quand, acheva-t-il, les valets de barbier,
mon compère Gillot, de Tours en Touraine, peuvent-ils confé-
rer le noble ordre de chevalerie?

IX

CHARLES ET ANNE

C'est uniquement parce que Pierre Gillot, de Tours en Touraine, était valet de barbier que nous avons mis une sorte de
négligence à peindre sa personne. Pourquoi faire un portrait
en pied d'un si pauvre hère, quand les pages de ce livre four-
millent de noms nobles? quand nous aurons sans doute à nous
occuper de son illustre maître, Olivier le Dain, comte de Meu-
lon? et même du maître d'Olivier le Dain, Louis de France?

Il est bien vrai que l'art ne tient pas compte des grades.
Callot, mis en face d'une armée, néglige le général pour dessiner
l'humble goujat, dont les loques se drapent mieux sous le
crayon.

Charlet, l'Appelles de notre Olympe soldatesque, ne quitte
le caporal que pour la cantinière, et la cantinière que pour le
conscrit.

Nonobstant ces exemples, nous sommes bien résolus à ne
point vous dire combien de rides Pierre Gillot avait sous l'œil
droit quand son sourire félin et un peu sournois éclairait son
bilieux visages. Nous vous tairons cette circonstance qu'il
croisait volontiers ses jambes l'une sur l'autre, alors qu'il était
assis. Nous ne vous apprendrons même pas que, devançant les
âges, il tournait ses pouces bellement comme nos oncles pau-
drés, amis de l'Encyclopédie et guillotinés par elle.

Et pourtant Pierre Gillot n'était pas le premier venu. Mais nous aurons à vous reparler de lui.

A cette question du bon frère convers : « Depuis quand les valets de barbier confèrent-ils le noble ordre de la chevalerie? » Pierre Gillot baissa les yeux et frotta du revers de sa manche une tache qu'il avait à ses chausses.

Avez-vous vu les chats lisser leurs poils quand va tomber la pluie?

Frère Bruno le regardait en homme qui vient de frapper un grand coup.

— Eh eh ! mon digne frère, murmura Gillot tout doucement, vous devez être un peu clerc, puisque vous portez le froc depuis longtemps. Voici une anecdote que vous avez pu lire dans l'historien Trogue Pompée, abrégé par Justin : Philippe, roi de Macédoine, père d'Alexandre le Grand avait un ministre qui avait une femme, qui avait un cousin, qui avait un joueur de flûte, qui avait un chien. Le chien devait avoir un philosophe, mais l'histoire garde le silence à cet égard. Un Illyrien, qui s'appelait Philopator ou Philométor, suivant qu'il avait empoisonné son père ou sa mère, eut la fantaisie de gouverner une ville de Cappadoce... A qui pensez-vous qu'il s'adressa?

— Au roi? répondit frère Bruno.

— Non pas.

— Au ministre?

— Du tout.

— A la dame?

— Point.

— Au cousin alors?

— Pas davantage.

— J'entends, il alla au joueur de flûte.

— Vous n'y êtes pas encore, mon frère ! il alla au chien, après s'être muni d'un bon morceau de viande qu'il lui offrit avec respect. Le joueur de flûte était fou de son chien, le cousin écoutait le joueur de flûte, la dame avait confiance dans le cousin, le ministre aimait la dame, le roi détestait le ministre: l'Illyrien, de fil en aiguille, eut son gouvernement.

— Ah ! par exemple ! s'écria le frère Bruno, voilà une bonne aventure ! Voulez-vous me la redire pour que je puisse la conter couramment?

Pierre Gillot répéta son anecdote avec une parfaite obligeance.

Et la date? demanda le moine; car j'aime à dire : C'était en l'an...

— C'était en l'an 340 avant Jésus-Christ, mon frère.

— En l'an 340 avant Notre-Seigneur, grommela Bruno, qui faisait son travail mnémotechnique : Fillot-Patte-d'or d'Arménie qui achète de la viande au levrier du joueur de vielle du cousin de la femme du ministre de Philippe, père d'Alexandre le Grand... Est-ce bien cela?

— Parfaitement.

— Le chien devait avoir un nom? Et le joueur de musique aussi? c'est égal, ma foi, compère, vous êtes un camarade de joyeux déduit, et je serai bien aise de vous rendre service. C'est donc de mon ami Jeannin que vous avez besoin?

— Pas moi, mais bien mon maître.

— Alors que signifie l'histoire du levrier?

— Pasques-Dieu ! murmura Pierre Gillot, voici un vieux retors !... L'histoire du chien, mon frère, vient comme il faut, en ce sens que Jeannin aura affaire à moi.

— Et que lui direz-vous?

— Mon frère, il y a de riches et nobles héritières à la cour de France; ce Jeannin est-il marié !

— Il est veuf.

— Sans enfants?

— Il a une fille belle comme les amours.

— A la cour du roi de France, mon frère, il y a de nobles et riches jouvenceaux.

— J'entends bien, mon compère, mais ce que je veux savoir...

— C'est le secret d'État, n'est-ce pas?

— Juste !

Pierre Gillot rapprocha son siège. Il eût fallu être plus expert que le frère Bruno pour découvrir le travail soudain et rapide qui se faisait dans la tête de cet homme. Son visage ne changeait point. Sa parole restait douce et tranquille.

— Aimez-vous les Anglais ! demanda-t-il en fixant sur le moine ses regards subitement relevés.

Le moine crut le voir pour la première fois.

— A peu près comme le chaud-mal, mon compère.

— Eh bien ! ce qu'on veut faire a trait aux Anglais.

— Voyons un peu cela.

— C'est une négociation prise de très loin, et qui se rapporte encore pour un peu à l'anecdocte de Trogue-Pompée, car enfin on pourrait aller tout droit à M. Tanneguy du Chastel, sinon au duc de Bretagne, mais on a le temps, tout le temps, puisque madame la reine n'est encore enceinte que de trois mois...

— La reine de France ! interrompit Bruno qui ouvrit de grands yeux.

— Oui, mon frère, la reine de France, et cette fois, maître Coictier, le médecin du roi, a dit que madame Anne de Beaujeu aurait un petit frère, un dauphin, par Notre-Dame du Plessis !... Et maître Coictier n'a jamais fait erreur en sa vie !

— Ça me rappelle, dit Bruno en riant, l'aventure de Michel Savon, le vétérinaire de Rohan. Il devinait, rien qu'à peser un œuf frais, s'il y avait dedans un cochet ou une poule. Michel Savon est mort en l'an quarante-deux au lieu de la Grand'-Lande, sous Miniac-Morvan. Sa veuve est borgne d'un œil, et sa fille aînée a épousé le messager du vieux bourg de Miniac, qui avait trois enfants de sa première, Yvonne Le Seiche, de Janzé, d'où viennent les poulardes. Ce fut Joson Pillioux, le premier mari de cette Yvonne-là, qui mit le feu au clocher de Bécherel en revenant ivre de la noce de son frère, Hervé Pillioux, corroyeur de son état, maintenant trépassé... Mais dites-moi vos secrets d'État, mon compère Gillot, de Tours en Touraine : vous voyez bien que je ne suis pas bavard ! On me hacherait menu comme chair à pâté avant de m'en arracher une parole !

Pendant que Bruno parlait, l'homme au surcot brun souriait d'un air bien honnête, ce qui ne l'empêchait point de réfléchir.

— Vous devez être discret comme un saint de bois, mon bon frère, dit-il, cela se voit du reste ! et je n'hésite pas un seul instant à vous confier les destinées de la France.

Frère Bruno se redressa et prit l'attitude qui convient à un homme dont les oreilles vont entendre un oracle.

— Entre la Bretagne et l'Anglais, reprit Pierre Gillot, Dieu a mis la grande mer, entre la France et la Bretagne, Dieu n'a mis qu'un ruisseau : qui oserait prétendre que Dieu fait les choses à l'aveugle ou à la légère ? La Bretagne est à la France comme le fleuve est à l'Océan, comme le bras est au corps. Cela doit être; cela sera !

— Mon compère, dit Bruno, vous m'avez ouï parler tout à l'heure de M. Hue de Maurever, seigneur du Roz, de l'Aumône et de Saint-Jean des Grèves ?

— Celui qui ajourna le duc François Ier au tribunal céleste ?

— Précisément. Si j'en reviens à lui, c'est que Jeannin, mon ami, était son serviteur, et que M. Hue songeait bien souvent à ce que vous dites.

— Il était de mon sentiment ? demanda Gillot avec vivacité.

— Comme le patient est de l'avis du bourreau qui lui crie : Il faut mourir ! Non, non, mon compère ! Celui-là était un Breton du vieux sang ! Mais ce que vous désirez, il le redoutait et cela me frappe. Vous plaît-il que je vous récite la manière de prophétie que M. Hue nous fit à son lit de mort ?

— Cela me plaît ! répondit Gillot sans hésiter.

Frère Bruno n'était point habitué à pareil empressement. Il se sentait véritablement grandir devant cet homme qui lui confiait des secrets d'État et qui ne demandait pas mieux que de l'écouter.

— C'était au manoir du Roz, reprit-il, là-bas, de l'autre côté de la mare Saint Coulman. Je me trouvais là pour une visite d'amitié que je faisais à la pauvre Simonnette Le Priol, la défunte femme de Jeannin. M. Hue tremblait son agonie depuis le matin. Quand le soir tomba, il dit au prêtre :

« Appelez mon fils Aubry, ma fille Reine et le petit Aubry leur enfant; appelez monsieur mon cousin Morin de Maurever, seigneur du Quesnoy, appelez Berthe sa fille; appelez Jeannin, le brave homme... et tous, et toutes, car je vais rendre mon âme à Dieu, mon créateur. »

Ils vinrent tous. Et ils étaient beaucoup qui pleuraient, parce que Maurever avait vécu en gentilhomme et en chrétien : doux aux faibles, dur aux forts. Messire Aubry et Mme Reine lui donnèrent la main. Il me semble encore entendre la voix du vieillard lorsqu'il se leva sur son séant pour la dernière fois.

« Mes amis, dit-il, mes serviteurs et mes enfants, voici l'heure de ma mort. Je vais prier pour vous dans un meilleur monde. Ne me regrettez pas. J'ai trop vécu.

« Aubry Ier, mon gendre et mon ami, tu me suivras de près; Reine, ma fille, économise tes larmes : tu souffriras cruellement et longtemps sur cette terre.

« Aubry II, mon petit-fils, tu verras la Bretagne mourir... »

Pierre Gillot tressaillit comme on fait à un choc violent.

— Si vous voulez, mon compère, fit Bruno, je n'en dirai pas davantage.

— Si fait mon frère, si fait ! mes nerfs ont cinquante ans bientôt. Ils ne me demandent plus licence pour tirailler mes membres...

— Vrai Dieu, compère, moi j'ai vingt années de plus que vous. Mes nerfs ne se tiennent que trop en repos ! Mais je continue, puisque c'est votre bon plaisir. M. Hue dit donc ceci :

« Aubry, mon petit-fils, tu verras la Bretagne mourir ! »

Il fit un silence, pendant quoi on n'entendit que le bruit des sanglots contenus, il regardait le ciel de son lit où deux lévriers brodés soutenaient l'écusson de Bretagne. Ses yeux éteints revivaient et s'inspiraient.

« Honte à nous, reprit-il d'une voix changée; malheur à nos enfants !

« Honte à nous, qui avons péché contre Dieu ! malheur à nos

enfants qui subiront le joug étranger et qui perdront le nom de leur pays !

« Écoutez ! nos pères sont venus de Galles et de Cornouailles. Mais ce sont des Saxons et des Normands qui sont maintenant aux pays de Cornouailles et de Galles.

« Ne vous faites pas Anglais !

« Le Français vient. Bretons ! ô vieux fils de Murdoch ! où sont vos lances?

« Ne vous faites pas Français !

« Mettez plutôt votre sang dans la rivière du Couesnon qui s'élargira comme une mer pour séparer les Français des Bretons !

« Éoutez ! voici les lances de Bretagne; voici les épées de Léon et les épées de Tréguier ! Voici les chevaliers de Kerne Voici les hommes d'armes de Quimper ! Nantes ! Rennes ! Vannes ! Saint-Malo ! Dol et Pontivy ! bonnes villes, soldats vaillants ! Fougères, Vitré, Morlaix, Lannion, Guingamp, Redon, Montfort, Lamballe, Moncontour, Hennebon ! La France a-t-elle plus de cités que nous et de plus fortes ! car j'oublie Châteaulin, Combourg, Loudéac, Saint-Pol, Paimpol, Brest, le grand port de mer; Pontorson, Quimperlé, Châteaubriand, Ploërmel et Guérande ! C'est un ancien royaume que notre Bretagne ! Combattez et mourez : ne vous faites pas Français !

« Mes parents, mes enfants, mes vassaux, je suis content de mourir, puisque ceux qui vivront vivront déshonorés.

« Écoutez ! les années ont passé. La France a reculé devant le jeu de l'épée. Louis XI est mort, mais son esprit cauteleux lui survit... »

— Eh bien ! mon compère ! s'écria ici Bruno, qu'avez-vous donc !

Les dents de Pierre Gillot avaient claqué à ce mot « Louis XI est mort, » et il était tout blême.

— Allez toujours ! dit-il.

Et il ajouta tout bas :

— Les rois sont mortels, je le sais bien.

— C'est vous qui le voulez, reprit Bruno, remarquant son

6

trouble avec étonnement; je continue. Il disait donc tout cela, le vieux seigneur à l'agonie. Il disait... Mais vous m'avez coupé le fil de mon inspiration et je ne sais plus comment le renouer. En un mot comme en mille, M. Hue nous annonça très clairement qu'après le décès de Louis XI, il y aurait du nouveau; que la Bretagne ne serait point conquise par le fer, mais bien escamotée, qu'un mariage se ferait...

— Un mariage! répéta Pierre Gillot dont l'émotion était extraordinaire; et, par hasard, a-t-il dit le nom des fiancés?

— Oui bien, il les a dits répliqua Bruno.

Pierre Gillot tira un petit parchemin de la poche de son surcot.

— Mon bon frère, prononça-t-il d'une voix tremblante, une sainte recluse des bords de la Loire a fait une pareille prédiction et les noms qu'elle a dits sont sur ce parchemin bénit. Répétez ceux que prononça M. Hue : nous verrons si ce sont les mêmes.

— Charles et Anne, dit frère Bruno.

Pierre Gillot ouvrit le parchemin et lut :

« Charles et Anne ! »

X

COMME QUOI FRÈRE BRUNO TROUVA DES NOMS MACÉDONIENS
POUR LE CHIEN DU JOUEUR DE FLUTE ET DIFFÉRENTS
AUTRES PERSONNAGES

Le frère Bruno resta un instant bouche béante, considérant
le parchemin de Pierre Gillot avec de grands yeux ébahis.

— Ah ! ah ! dit-il enfin, voilà ce que j'appelle une bonne
aventure ! Mais, mon compère Gillot, que parlez-vous de
Mme la reine qui est enceinte? Il nous faut un Charles et une
Anne : vous avez déjà la petite Mme Anne de Beaujeau pour la
France; c'est à la Bretagne de nous fournir un Charles. Et,
par mon salut, Gillot, Mme Marguerite de Foix, femme du
duc François, est enceinte aussi; c'est elle qui fournira le
Charles !

— Non pas ! s'écria l'homme au surcot brun avec vivacité;
mon maître, ou, pour parler mieux, le maître de mon maître,
tient à donner le Charles !

— Eh bien, mon compère, reprit Bruno, j'ai fait plus d'un
mariage en ma vie : d'abord celui de Guinou Martelusson, du
bourg de la Houle, avec Nielle Baroux, sa nièce à la mode de
Bêtons (qui est dans l'évêché de Rennes, derrière Saint-Gré-
goire), et ce fut une belle noce, assurément, oui ! A telles en-
seignes que le sire de La Motte, de Vauvert et de Broons, donna
dix anges d'or à Nielle pour parer sa maison. C'était ce sire de

Broons qui allait en guerre avec une épée de douze pieds, comme Thibaut de Champagne, et qui disait à sa femme, laquelle était une Querhoënt de basse Bretagne : « Madame ma mie... »

Mais Gillot ne voulait pas savoir ce que le sire de La Motte, de Vauvert et de Broons disait à sa femme, qui était une Querhoënt de basse Bretagne. Il interrompit le frère Bruno d'un air bien honnête.

— C'est surprenant, dit-il, quel plaisir j'éprouve à vous entendre discourir !

— Alors donc, mon compère, laissez-moi poursuivre...

— Je le voudrais, mais je ne suis qu'un pauvre homme, gagé pour obéir, et mon maître est sévère.

— Revenons à notre mariage, j'y consens. Dans trois ou quatre mois Charles de France et Anne de Bretagne naîtront, si Dieu le veut. La première chose à faire, si j'ose vous donner un conseil, ce sera de les baptiser, après quoi on les mettra en nourrice. Au bout d'un an et un jour, on les sévrera. Mettons encore six mois, Mme Anne de Bretagne dira papa en langue gaélique, et monseigneur le Dauphin de France criera mammammamman : Ce sera le bon moment pour les accordailles.

— Excellent frère Bruno ! fit l'homme au surcot brun en lui prenant les deux mains et d'un accent pénétré, je n'ouïs jamais âme qui vive plaisanter aussi agréablement que vous ! Et l'on peut dire que les fondements de cette grande affaire d'État auront été jetés avec beaucoup de gaîté...

— Et de légèreté, mon compère, à six cents pieds au-dessus du sol ! C'est la hauteur du carreau de ma cellule.

— De plus en plus ingénieux et spirituel !

— Hé ! hé ! quand on s'y met, voyez-vous ! Cela me fait souvenir d'un bon mot qui m'échappa en l'année de la mort du feu roi, l'avant-veille de la Chandeleur. Donduraine, le tailleur de Villedieu, me disait...

— Écoutez, interrompit gravement Pierre Gillot, je passerais là deux semaines à vous admirer ! Je me connais ! Et je serais châtié, c'est chose certaine. Je fais donc effort sur moi-même, et je me bouche les deux oreilles. Voulez-vous m'accréditer, comme votre ami et compagnon, auprès de l'homme d'armes Jeannin ?

Frère Bruno hésita un instant.

— Après tout, pensa-t-il tout haut (car penser tout bas, c'est perdre une bonne occasion de jouer de la langue), il ne peut en arriver de mal à mon ami Jeannin. Et d'ici que M. le Dauphin futur et Mme Anne de Bretagne, sa femme, qui est à naître, arrivent à l'âge de raison, il coulera bien de l'eau sous le pont de la Sée... Je veux bien, mon compère.

— Et que demandez-vous pour prix de ce service?

— Je demande que, si faire se peut, on mette ma cellule au rez-de-chaussée. En bas, on trouve plus de monde à qui parler, et quoique je sois naturellement taciturne...

— Vous aurez une cellule au rez-de-chaussée.

— Oui-da? c'est pourtant plus difficile que de créer un chevalier : elles sont toutes prises.

— Maître Olivier le Dain y pourvoira, je vous le promets.

— Voilà donc qui est entendu. Maintenant, regardez-moi bien en face, mon compère Gillot, de Tours en Touraine. Ce que je vais vous dire est pour votre salut. Allez vers mon ami Jeannin, puisque c'est votre envie, mais souvenez-vous de ne lui rien demander qui soit contre le devoir d'un chrétien ou l'honneur d'un Breton, car il vous casserait les deux bras, les deux jambes et la tête. Tenez, je vous prête mon rosaire. Il le connaît bien par mon saint patron ! Vous le lui montrerez, et vous lui direz : « Je viens de la part du vieux Bruno, qui conte de si bonnes aventures. »

— Je n'y manquerai pas, répliqua Gillot, en recevant le rosaire à grains d'ébène; grand merci, mon cher frère, et au revoir !

— Au revoir !

Gillot se dirigea vers la porte et sortit.

— Holà ! s'écria Bruno en le rappelant; revenez donc çà un petit peu, mon compère, j'ai oublié la date de l'histoire du chien, du joueur de flageolet du cousin de la dame du ministre du roi Philippe de Macédoine...

— 340 ans avant Jésus-Christ, mon frère.

— Bien, bien ! cela suffit, un 3, un 4 et un 0... merci !

Gillot descendit les premières marches de l'escalier.

— Dites donc ! lui cria frère Bruno, ce Trogue Pompée, abrégé par Justin, était-il d'église?

— Non pas, que je sache.

— Et le nom du chien, vous avez oublié de me le dire...

Mais le compère Gillot était trop loin déjà, cette fois, Frère Bruno ne sut pas le nom du chien.

— Voilà comme une aventure perd la moitié de son prix ! grommela-t-il en rentrant dans sa cellule; j'aurais dû lui demander cela avant de lui donner mon rosaire.

— Mais tu ne te corrigeras donc jamais ! dit-il avec mauvaise humeur.

— Me corriger de quoi?

— Tu sais bien ce que je veux dire !

— Mais non !

— Voyons ! ne mens pas au moins !

— Comment ! vieux coquin, mentir !

— Encore des gros mots !

— C'est toi qui as commencé !

— Bon ! bon ! tu peux continuer tout seul, moi, je ne me dispute pas sur ce ton-là !

Bruno fit en même temps un geste plein de dignité comme pour mettre fin à cette querelle inopportune et malséante. On se tut de part et d'autre. Le fait est que de semblables discussions dégénèrent parfois en voies de fait, et que, sans sa louable prudence, frère Bruno se serait exposé à se prendre lui-même à la barbe.

Il vint s'accouder contre l'appui de sa petite fenêtre. Mais il gardait de la rancune, et le premier venu aurait pu voir qu'il avait quelque chose sur le cœur.

— Une fois pour toutes, dit-il après un silence très court, mets plus de modération dans tes paroles ! Se fâcher comme cela tout rouge dès les premiers mots, c'est la mort des discussions ! Qu'arrive-t-il? On est obligé de se taire, afin de n'en pas venir à des extrémités toujours fâcheuses. L'habit que nous portons commande une grande réserve. Tu n'es pas méchant au fond, mais tu es inconsidéré...

— Allons, vas-tu nous prêcher un sermon d'une heure ! Fais plutôt comme moi, et dis tes oraisons.

Frère Bruno se tut en homme qui ne veut pas pousser à bout un adversaire entêté.

En ce moment son regard, qui parcourait la grève avec distraction, fut attiré par les brillantes étincelles jaillissant des casques et des cuirasses d'une troupe d'hommes d'armes. Cette troupe sortait du Mont-Saint-Michel et se dirigeait vers le Couesnon. Elle était composée de soldats du roi de France.

A quatre ou cinq cents pas, à gauche de cette troupe, un homme chevauchait tout seul sur un bidet de bien humble apparence. Il portait une casquette dont la visière descendait sur ses yeux, un surcot brun et des chausses couleur de poussière.

— Tiens ! tiens ! se dit frère Bruno ; mon compère Gillot n'a pas perdu de temps ! Le voilà qui chemine déjà vers le manoir du Roz... Mais où vont les soudards ?

Les soudards suivaient à peu près la même direction que le bon compère Gillot ; mais ce dernier n'était évidemment pas en leur compagnie.

Il passa le Couesnon à gué. Bruno le vit entrer dans les terres cultivées, sous le village de Saint-Jean.

Les soudards continuaient de suivre la lisière des grèves.

— C'est égal, pensa frère Bruno, je vais piquer une épingle dans la manche de mon froc, afin de songer à lui demander le nom du chien, quand il me rapportera mon rosaire.

Et il ajouta, en forme de résumé final :

— Un 3, un 4, un 0... Philippe, roi de Macédoine, père d'Alexandre le Grand... son ministre (pas de nom encore, comme c'est incomplet !) la femme du ministre (de nom, pas davantage !) le cousin (dans ce pays-là, ils n'avaient peut-être pas de nom !) mais si fait, puisque ce Patte-d'or s'appelait Fillot.

Il se frappa le front en homme qui accouche d'une idée.

— Saint Archange ! s'écria-t-il, pourquoi ne les baptiserais-je pas moi-même? Voyons ! j'appellerai le ministre Corentin, la ministresse Mme Ursule; le cousin Bertrand; le joueur de musette Jean-Pierre, et le chien Médor... Certainement, les Macédoniens, hommes et bêtes, n'avaient pas de plus beaux noms que cela !

Le soleil brûlait la pelouse maigre de la plate-forme du Roz. Les bestiaux ruminaient à l'étable, aucune figure ne se montrait aux fenêtres fermées du manoir.

Mais il faisait frais sous les grands arbres, dont les bouquets s'étageaient sur la rampe nord-est de la montagne, et descendaient en masses ondulantes jusqu'aux premiers chaumes du marais. La forêt était déserte. A peine saisissait-on dans le lointain les notes perdues de quelque complainte bretonne, laissant tomber lentement la mélodie de ses innombrables couplets.

— Messire, disait une voix bien douce sous la feuillée, et la douce voix tremblait ; messire, je vous parle aujourd'hui pour la dernière fois. Hier, je ne croyais point mal faire en devisant avec le compagnon de mes jeux..

— Eh bien ! Jeannine, qu'y a-t-il de changé depuis hier?

— Messire, votre mère, la noble dame de Kergariou, ma maîtresse chérie et respectée, m'a fait voir ce matin que je me trompais.

Il y avait deux énormes châtaigniers dont les troncs jumeaux se reliaient par un banc de mousse. Jeannine était assise sur le banc. Messire Aubry se tenait debout devant elle.

C'étaient deux enfants, Aubry plus enfant que Jeannine. Ils étaient beaux et bons. Jeannine disait vrai, la pauvre fille. Hier, elle ne prenait pas même souci d'interroger son cœur. N'avait-elle pas été élevée avec Aubry? Qui donc eût-elle aimé, sinon lui, son compagnon d'enfance, son frère, son seigneur?

Mais, depuis hier, elle avait appris bien des choses. Elle avait appris qu'Aubry était le fiancé de sa noble cousine, Berthe de

Maurever. Elle avait appris que Mme Reine craignait sa
fenêtre ouverte, sa fenêtre à elle, Jeannine.

A son insu, Jeannine avait espéré hier, puisqu'elle souffrait
aujourd'hui. Ses beaux yeux baissés avaient un peu de rouge à
la paupière. Elle essayait de sourire, mais quand un rayon de
soleil perçait la feuillée épaisse, on voyait bien qu'elle avait
pleuré.

— Écoutez-moi, messire Aubry, reprit-elle, il n'y a point au
monde de jeune fille plus belle ni meilleure que Berthe de Maurever...

— Il y a toi, Jeannine ! interrompit Aubry.

— Oh ! moi, dit la fillette en souriant tristement, je ne suis
qu'une vassale, messire.

— Et si je veux te faire dame? demanda Aubry en lui prenant la main.

Un incarnat plus vif vint à la joue de la jeune fille. Je vous
ai dit qu'elle était bonne. Mais où est en ce monde, le cœur
dépourvu d'ambition?

Elle baissa ses grands yeux humides et ne répondit point.

— Et si je veux te faire dame? répéta Aubry après un silence.

Pourquoi non? Il l'eût fait, certes comme il le disait. Il
n'avait pas vingt ans. Oh ! le rêve délicieux qui passa devant
les yeux de Jeannine ! Être la femme d'un chevalier et être
heureuse ! enviée et bien aimée tout à la fois !

Elle regarda Aubry, puis elle lui tira sa main.

— Moi, je ne veux pas ! dit-elle d'un accent résolu, tandis
que sa paupière se baissait et qu'une larme perlait à ses cils.

XI

OÙ LE NAIN SIFFLE MIEUX QU'UN MERLE

Le pauvre Aubry resta si triste que Jeannine eut pitié, mais elle ne lui rendit point sa main.

— Berthe de Maurever est votre cousine, murmura-t-elle; vous l'aimerez parce qu'elle mérite d'être aimée.

— Sur mon honneur! s'écria le jeune homme, je n'aimerai que vous!

Comme Jeannine allait répondre, un petit bruit se fit sous la feuillée. En même temps un sifflet aigre et perçant modula le vieil air du pays de Combourg :

> Le page dit à Madeleine :
> Toujours !
> Toujours !

— Il y a quelqu'un dans le fourré ! s'écria Jeannine effrayée.

Le sifflet se taisait.

— Quelque pâtour qui passe... dit Aubry.

— Non, non ! Il n'y a qu'un être au monde pour siffler ainsi !

— Écoutez-moi, Jeannine, je vous en prie !

— Écoutez vous-même, messire Aubry, interrompit la jeune fille dont la voix était basse mais ferme, je ne dois pas rester près de vous plus longtemps, et il faut que vous lisiez

au fond de mon cœur. Si j'étais une noble demoiselle, je vous
dirais : Je suis à vous; après Dieu, vous êtes mon maître et
mon seigneur, car je vous aime...

Aubry voulut ressaisir sa main. Elle la retira doucement.

— Mais je ne suis qu'une vassale, reprit-elle; je ne peux
pas devenir votre femme.

— Pourquoi cela? se récria Aubry, mon père est mort, je
suis chef de ma maison...

— Je ne peux pas, répéta la jeune fille, parce que je ne veux
pas susciter un fils contre sa mère.

— Ma mère consentira...

— Jamais ! prononça Jeannine en secouant la tête.

— Quand je lui dirai qu'il s'agit du bonheur de ma vie...

Le sifflet se fit entendre de nouveau sous le couvert. Il chantait l'air de la ballade du Huelgoat :

> Boisbriand triste et tout en pleurs
> Dit à la fière suzeraine :
> Je l'aime, ô ma mère, et je meurs !
> « Fillette, va cueillir les fleurs, »
> Que répondit la châtelaine?

— C'est le nain maudit ! s'écria Aubry en colère.

On put entendre comme un écho étouffé de ce petit rire
strident et sec que nous avons déjà ouï plusieurs fois. Puis le
sifflet acheva la première strophe de la ballade :

> (Fillette, va cueillir les fleurs,
> L'aubépine et la marjolaine;)
> La châtelaine
> Répondit : « Meurs ! »

Aubry et Jeannine savaient tous deux la poésie de la ballade.
Pour eux le sifflet parlait. Jeannine rabattit son voile et se
leva.

— Adieu, messire Aubry ! dit-elle.

— Quoi ! pas même au revoir ! fit le jeune homme doulou-
reusement.

— Non, pas au revoir. répéta Jeannine, ma grand'mère
Fanchon Le Priol habite la ville de Dol; je vais demander,
dès ce soir à Mme Reine, la permission de quitter sa maison
pour aller demeurer avec ma grand'mère. Je prierai Dieu pour
vous, messire Aubry... et pour Berthe, votre cousine, afin
qu'elle vous aime et que vous soyez bien heureux, tous les deux.

Il y avait de grosses larmes sur les joues de la pauvre Jeannine. Aubry la pria et la supplia de changer de résolution,
mais tout fut inutile. A bout d'arguments, il se mit à genoux
sur la mousse. A cet instant, le sifflet fantastique jeta un appel
aigu et entonna l'air de l'écuyer Renan de Pierrefonds, qui
tua sa fille Yolande et le gentil Olivier, dans la forêt d'Alençon.

> « Renan ceignit sa longue épée
> Et mit son chapel à l'envers,
> Criant à tort et à travers :
> Vites-vous ma fille échappée? »

Jeannine comprit et s'esquiva, légère comme une biche. Au
bout de quelques secondes, elle avait disparu derrière les
pousses drues des chênes et des châtaigniers. Aubry fit ma-
chinalement quelque pas pour s'éloigner lui aussi, et se trouva
face à face avec le bon Jeannin.

Celui-ci n'avait point mis du tout sa toque à l'envers et
n'avait garde de chercher sa fille échappée.

— Holà ! dit-il gaiement, voilà messire Aubry qui prend
goût aux promenades solitaires ! Vertudieu ! nous verrons
gravé bientôt sur l'écorce des hêtres le doux nom de Berthe
de Maurever !

Aubry demeurait devant lui tout décontenancé.

— Est-il défendu, balbutia-t-il, de chercher l'ombre quand
il fait grand soleil?

— Non pas, non pas, messire ! Vous allez, vous errez, vous
rêvez : tout cela est bien fait et finira, s'il plaît à Dieu, comme

il faut! Quand Jeannine, ma petite-fille, aura le bon âge, j'espère qu'il se trouvera aussi quelque vaillant homme d'armes pour la servir et demander sa main... Elle n'est pas mal venue, ma petite Jeannine, n'est-ce pas vrai?

— Elle est belle comme un ange! s'écria Aubry.

— Là! là! voici bien les amoureux! Vous êtes si accoutumé de songer à votre perle de beauté, messire Aubry, que vous voyez partout des anges!... Mais Jeannine ne se promène pas encore dans les bois et nous avons du temps devant nous.

Le sifflet pointu comme une aiguille, lança le refrain si connu, et qui date, dit-on, de la jeunesse du bon connétable du Guesclin :

> « Je t'en ratisse,
> Mon ami Bertrand,
> Je t'en ratisse!... »

Messire Aubry devint plus rouge qu'une cerise.

— Ho! ho! dit Jeannin; il paraît que Fier-à-Bras se promène, lui aussi, mais il est trop grand seigneur pour suivre le chemin battu. Je gage qu'il est tout en haut de quelque châtaignier...

Il leva la tête et la baissa aussitôt comme on fait pour éviter un objet qui tombe. L'objet, c'était le nain lui-même qui avait trouvé bon de se laisser choir d'une branche où il s'asseyait. Il tomba à califourchon sur l'épaule de Jeannin, et se mit à rire de tout son cœur.

— Non, non, dit-il, notre fille Jeannine ne court jamais dans les bois! Oui, oui, ajouta-t-il en regardant Aubry qui détournait la tête, messire Aubry songe à sa belle parente depuis le matin jusqu'au soir! Voilà des vérités, Jeannin, mon ami! à la bonne heure!

— On laisse ce nain prendre trop de libertés, murmura le jeune homme dont les sourcils se fronçaient.

— Oui-dà? répliqua Fier-à-Bras effrontément; eh bien, messire, ce nain est plus discret que bien des hommes de bonne taille, car il retient sa langue à l'heure même où on le pique !

— Que veux-tu dire? demanda Jeannin, tu parles toujours en paraboles.

— Je veux dire que vous vous entendez bien à enlever la quintaine, mais...

Il s'arrêta. Jeannin le prit dans ses bras et le regarda en face.

— Il y a donc quelque chose qui m'échappe? demanda-t-il.

Aubry était à la gêne.

— Il y a, répondit le nain, que sur la route de l'Islemer, un bonhomme chevauche en ce moment sur un pauvre méchant bidet du pays avranchain. Cet homme-là demande tout le long du chemin par où il faut passer pour gagner le manoir du Roz. Il a des éperons d'or, non point à ses talons, mais dans sa poche... des éperons d'or qui pourraient bien s'attacher aux brodequins de maître Jeannin, si maître Jeannin le voulait !

Aubry haussa les épaules avec humeur.

— Par le diable ! tu t'expliqueras, s'écria Jeannin qui lui serra les poignets.

— Mon brave compagnon, répondit le nain, la lisière de la forêt est ici, à vingt-cinq pas, sur la droite. Vas-y tu verras la route de l'Islemer, le bonhomme et son méchant bidet !

Jeannin, sans lâcher Fier-à-Bras, se dirigea vers la lisière du bois. A peine dépassait-il les derniers arbres, qu'il aperçut, au bas de la montée, un voyageur vêtu d'un pauvre surcot de drap brun, et coiffé d'une casquette à bateau.

— Holà ! mon maître ! cria le voyageur; pour aller au manoir du Roz, s'il vous plaît?

Dans sa surprise. Jeannin ouvrit ses deux mains. Le nain sauta sur le gazon et se prit à gambader sur la mousse.

— Messire, messire ! dit-il à l'oreille d'Aubry qui s'approchait pensif et soucieux; nous en verrons bientôt de belles ! Mais je suis un homme et je m'intéresse à vous; n'ayez pas peur !

Aubry ne put s'empêcher de sourire.

Le nain mit sa tête rouge dans une haie, qui garda bien quelques cheveux crépus, et passa de l'autre côté.

— Le manoir du Roz est là, au bout de cette avenue, mon homme, disait, cependant, Jeannin au voyageur. Je vous prie, qu'y venez-vous chercher?

— J'y viens chercher un homme d'armes nommé Jeannin, natif du bourg des Quatre-Salines, en grève.

— De quelle part?

— De la part d'un bon religieux qui est son compère, et qui m'a remis son chapelet, afin que j'aie créance auprès dudit Jeannin.

L'homme d'armes examina le rosaire de Bruno la Bavette et le reconnut. Il prit le cheval du voyageur par la bride :

— Venez donc, dit-il, mon compagnon. Je vais vous conduire au manoir et vous donner la collation de mon mieux, car je suis ce Jeannin que vous venez quérir.

Maître Pierre Gillot, de Tours en Touraine, valet d'Olivier le Dain, barbier du roi Louis onzième, fit un salut honnête et tout plein de décente réserve. Après quoi, il se prit à considérer Jearnin.

Aubry avait profité de l'occasion pour s'enfoncer dans la forêt. Mais les hêtres pouvaient végéter tranquilles. Le nom de la belle Berthe de Maurever ne menaçait point leur écorce.

Pierre Gillot, cependant, poursuivait son examen sans mot dire.

— Voilà donc, pensait-il, ce qu'on fait des braves gens au pays de Bretagne ! Cet homme-là est connu du duc François, connu de M. Tanneguy, connu de tous les grands vassaux de Bretagne ! On le laisse, parce qu'il n'est point gentilhomme, tenir le manchon d'une douairière de moyenne noblesse, et apprendre le métier de casseur de bras à quelque héritier de hobereau, niais comme une toute nichée de buses ! Ah ! Pâques-Dieu ! Pâques-Dieu ! le monde est fou ! et le jour viendra où la roture en colère inventera quelque bon engin pour remplacer la corde de mon compère Tristan Lhermite, laquelle besogne va trop lentement et péniblement à mon gré !

Jeannin tourna un coude de la route, et le manoir du Roz apparut aux regards de Pierre Gillot.

— C'est cela ! c'est cela ! songea-t-il encore, pendant que sa lèvre tombante se plissait en un sarcastique sourire; on connaît la taupe à son trou, l'hidalgo à sa poivrière ! Notre-Dame de Tours ! Ces pignons gris et ces girouettes qui crient au vent comme des fresaies ont mauvaise odeur de gentilhommerie ! Croquant, sieur de Pantoufle, Gorge-Chaude, Pichenette et autres lieux, Cousin du roi ! Ah ! monsieur saint Michel me soit en aide ! je leur lâcherai dame Bourgeoisie aux trousses ! Et si dame Bourgeoisie fait la rogue, d'autres viendront qui aiguiseront les dents de Jacques Bonhomme !

Il se mit à rire méchamment et ajouta :

— Qui vivra verra ! Ce Tarquin coupait avec sa baguette les hauts pavots qui rompaient l'équilibre de son champ. C'est toute la science de régner. Pâques-Dieu ! les petits sont toujours les amis du roi ! les grands s'agitent, grondent et mordent. Seulement, si vous tranchez le chêne au pied, dix autres chênes poussent à la souche. Il s'agit d'arracher la souche. Tarquin avait-il songé à cela ?

— Veuillez mettre pied à terre, mon compagnon, dit Jeannin qui arrivait au bas du perron.

Pierre Gillot lâcha incontinent la bride et vida les étriers. Jeannin donna son cheval au palefrenier, mit la toque à la main et introduisit son hôte dans la salle à manger du Roz.

Il fit mettre sur la table du vin et des confitures.

Pierre Gillot le considérait toujours.

Et il pensait.

— Y a-t-il donc de la cervelle sous ces belles boucles blondes ? Joli écuyer, vraiment, pour châtelaine entre deux âges ! Bras d'acier ! tête de soie !... Est-ce bien là mon homme ?

— Et comment se porte mon compère Bruno ? demanda Jeannin en prenant place.

— Assez bien, assez bien... la langue un peu fiévreuse...

7

Savez-vous, mon maître, qu'il raconte de vous de fiers exploits, ce bon frère?

— Que ne raconte-t-il pas !

Il remplit deux verres et leva le sien.

— A votre santé, mon compagnon, dit-il.

— A la vôtre, mon digne maître ! riposta Pierre Gillot qui ne fit que tremper ses lèvres dans le breuvage.

Ils étaient attablés au milieu de la salle.

Par une fenêtre ouverte, la tête ébouriffée et sanglante du nain Fier-à-Bras se montra. Gillot et Jeannin lui tournaient le dos. Le nain riait tout bas et ses yeux pétillaient de malice. Il ne pouvait voir le visage de l'étranger sous la longue visière de son chaperon. Son petit corps se guinda en équilibre sur l'appui de la croisée. Puis, sans bruit aucun, il descendit, glissa sur les carreaux humides, et disparut derrière la porte du buffet que Jeannin avait laissée entre-bâillée.

L'écuyer et son hôte ne l'avaient point aperçu.

— Or ça, dit Jeannin, mon compagnon, vous plairait-il m'apprendre ce que vous désirez de moi?

XII

OÙ FIER-A-BRAS SE MONTRE GOURMAND

Pierre Gillot prit son air le plus aimable et fit à Jeannin un petit signe d'intelligence.

— Mon compagnon, dit-il, je vais m'expliquer et m'expliquer clairement, ainsi qu'il convient entre deux bonnes gens. Mais je n'aime pas beaucoup à parler comme cela, portes et fenêtres ouvertes. Souffrez que je ferme la croisée.

— Fermez tout ce qu'il vous plaira, repartit Jeannin.

Pierre Gillot se leva et fit basculer le lourd châssis de la fenêtre dans sa rainure poudreuse.

— De cette sorte, reprit-il, les oreilles curieuses, s'il y en a seront bien attrapées.

— Oh! que oui-dà! pensait Fier-à-Bras l'Araignoire dans son buffet, où il détachait avec soin le couvercle d'un pot de conserves.

Pierre Gillot vint se rasseoir et croisa ses jambes mal chaussées l'une sur l'autre.

— Donc, commença-t-il, voici ce qui m'amène. Vous avez été à la cour de Nantes, n'est-ce pas, maître Jeannin?

— Plusieurs fois. Pourquoi?

— Vous allez voir... Vous étiez de l'armée du Bien public, sous Montlhéry?

— J'en étais.

— Vous êtes fidèlement attaché à votre seigneur le duc François de Bretagne?

— Si vous ne veniez de la part d'un vieil ami, mon camarade, je ne vous permettrais pas cette question-là.

— A la bonne heure ! s'écria Gillot qui s'essayait à prendre des allures de bonne brusquerie; à la bonne heure ! Eh bien ! maître Jeannin, je crois que nous allons nous entendre ! Le vieux Bruno savait que j'avais dans la main une entreprise à gagner de l'honneur et de l'argent. Il est descendu de son donjon, jusqu'au quartic. des serviteurs du roi, desquels je suis, et m'a dit : S'il vous faut un homme brave, sûr, fort, intelligent, dévoué, prenez Jeannin.

— Sauf la finesse, dit le bon écuyer, simplement, je crois avoir, en effet, toutes ces qualités-là. Mais à quoi vous peuvent-elles présentement servir, mon camarade?

Gillot baissa la voix.

— Je suis Olivier le Dain, barbier du roi, dit-il.

Jeannin releva sur lui ses grands yeux bleus pleins de franchise et ne cacha point son étonnement.

— Tiens ! tiens ! faisait le nain dans son armoire.

Olivier le Dain était aussi connu que son maître Louis XI, le souverain le plus populaire qui fût alors au monde.

— Ah ! dit le bon écuyer, vous êtes Olivier le Dain? Peste ! je n'ai point été accoutumé à voir de si près de grands personnages, et j'aimerais mieux, s'il faut le dire, un autre compagnon... Mais parlez, maître Olivier; peut-être voulez-vous faire le bien une fois en votre vie. Je vous écoute.

Pierre Gillot souriait et jouait avec la chaîne d'orfèvrerie qui soutenait sans doute sa boîte à rasoirs.

— Je vois, reprit-il, que ma réputation ne vaut pas grand'-chose de ce côté-ci du Couësnon. Mais j'ai le cœur humble et ne me soucie point des méchants propos... Maître Jeannin, je viens vous apporter la fortune.

Depuis une minute, Jeannin se doutait de ce qu'on allait lui proposer. Il s'en doutait à cause du choix qu'on avait fait

d'Olivier le Dain. Ce n'était pas un diplomate que notre Jeannin. Il laissa échapper sa pensée.

— Je croyais, dit-il, que Sa Majesté s'était adressée déjà
au comte allemand Othon de Béringhem...

— Oh ! oh ! fit Gillot qui se dérida tout à fait ; nous avons
donc deviné, mon compère ? Nous savons que je viens ici de la
part de Sa Majeté pour l'affaire du duc François, qui a insulté
son seigneur ?

— Le duc François a un suzerain, mais il n'a pas de seigneur ! répliqua Jeannin vivement.

— Son suzerain, voulais-je dire, reprit Pierre Gillot avec
docilité, bien que François de Bretagne ait fait hommage-lige,
tête nue et à deux genoux, pour ses domaines de Poitou et
Saintonge. Mon compère, le roi ne s'est pas adressé au comte
Othon Béringhem, qui est hérétique et païen. Le roi ne s'a-
dresse à de pareilles engeances que pour les donner à son prévôt de corde, M. Tristan Lhermite, qui les donne, lui, au grand
diable d'enfer. Le roi, que les têtes folles et les traîtres barons,
ennemis du pauvre peuple, calomnient malement du matin
au soir, veut la paix et il l'aura. Le roi aime mieux pardonner
que punir.

— On ne dit pas cela, objecta Jeannin.

— On a trop d'intérêt à dire le contraire ! Le roi n'a qu'un
désir : prêter l'accolade sincère et loyale à son bon cousin de
Bretagne qui le chérirait bien s'il le connaissait mieux !

Dans l'armoire aux conserves, le nain résolvait ce problème
de bâiller la bouche pleine.

— Voilà un prêcheur ennuyeux ! pensait-il, et pourtant les
confitures sont bonnes.

— Eh bien ! dit Jeannin, que le roi monte à cheval et qu'il
aille rendre visite à son noble cousin,

— Le roi ne peut pas faire cela.

— Parce que ?

— Parce que Dieu lui a mis sur la tête le cimier de fleurs de
lis, et que la première couronne du monde ne peut s'abaisser
devant la petite couronne d'un vassal.

— La première couronne du monde a salué pourtant le cimier ducal de Charles de Bourgogne ! fit Jeannin en souriant.

— C'est vrai, cela ! dit vivement Olivier le Dain ou Pierre Gillot; c'est vrai, trop vrai ! On m'avait assuré que tu étais un homme simple, ami Jeannin, et tu me réponds comme un clerc de chancellerie... C'est vrai, sur ma foi, oui ! Ce jour-là, la première couronne du monde voulut se montrer courtoise, mais d'un coup de sa tête, cornée de fer, le taureau de Bourgogne faillit briser la première couronne du monde. C'est assez d'une fois. Le roi se souvient.

— A cause de cela, reprit encore Jeannin, le roi veut amener à ses pieds, de gré ou de force, son cousin de Bretagne.

— Non pas à ses pieds, mon digne compagnon, répliqua Pierre Gillot avec attendrissement; dans ses bras... dans ses bras !

— Et l'on a choisi un pauvre homme de ma sorte?

— On a choisi un soldat vaillant qui sera chevalier demain pour peu qu'il le veuille.

Jeannin se leva, il ne répondit pas tout de suite.

Nous n'aurions pas réussi le moins du monde dans la peinture morale de ce brave homme, si le lecteur pouvait penser qu'en ce moment Jeannin fût fortement décidé à repousser l'offre de Pierre Gillot. Ce qu'on lui disait, Jeannin penchait à le croire. Pierre Gillot avait pris plus d'un renseignement sur sa personne. Il venait à lui presque à coup sûr.

Jeannin savait qu'une guerre entre la France et la Bretagne serait mortelle à ce dernier pays. C'était l'opinion de Tanneguy du Châtel et de tous les esprits sages. Jeannin savait qu'il y avait à la cour de François, un parti qui poussait à la guerre. Outre la considération qui lui était personnelle et qu'il avait certes bien gagnée, Jeannin était traité, pendant la minorité d'Aubry, comme le représentant d'une famille noble. Il n'ignorait rien des faits politiques.

Était-ce une simple entrevue qu'on désirait? Jeannin n'y voyait point de mal, au contraire.

Néanmoins, le caractère que la renommée prêtait à Louis de France offrait si peu de garantie ! En outre, cet Olivier le Dain passait pour un si parfait coquin !

Au demeurant, Jeannin se défiait trop de lui-même pour vouloir ou ne pas vouloir. Il se promenait à grands pas dans la salle, et Pierre Gillot le suivait d'un regard sournois sans plus mot dire.

Il y eut une chose étrange, pendant que Jeannin se promenait. Chaque fois, qu'il passait devant la croisée, une voix mystérieuse, qui semblait parler au fond même de sa pensée, prononçait ces trois mots :

« C'est le roi !... c'est le roi ! »

Jeannin se demandait à lui-même s'il devenait fou.

Il ne savait pas que Fier-à-Bras était dans le buffet, où ce nain spirituel et friand achevait avec plaisir son pot de son conserves.

— C'est le roi ! c'est le roi ! disait-il après chaque bouchée.

Jeannin fut longtemps avant de saisir le sens de cette phrase si claire.

Pierre Gillot, lui, était toujours assis à l'autre bout de la chambre et n'entendait pas.

Jeannin s'ennuyait fort du combat engagé au-dedans de lui-même, combat sans résultat possible.

— Or çà, s'écria-t-il tout-à-coup, pourquoi me parles-tu de me faire chevalier, l'homme ! Puisque tu me proposes un prix si élevé, c'est donc que l'action est méchante? J'ai envie de mettre la main sur toi et de t'envoyer à M. le sénéchal.

— C'est une idée, cela ! pensa le nain.

Jeannin s'était arrêté brusquement devant Pierre Gillot. Il avait les sourcils froncés et les bras croisés sur sa poitrine. Le bonhomme de Tours en Tourraine n'était pas Olivier le Dain, car Olivier le Dain fût mort de peur sur le coup.

Il eut un petit tressaillement tôt réprimé. Sa main se glissa sous le revers de son pourpoint. Jeannin pensa qu'il en allait tirer une dague et mit la main sur la poignée de la sienne.

Mais Pierre Gillot attira tout bonnement l'objet qui pendait au bout de la chaîne passée à son cou. Cet objet était une orfévrerie, travaillée d'un art merveilleux et représentant saint Michel à cheval, terrassant le dragon. Pierre Gillot l'approcha de ses lèvres et le baisa.

— Qui m'a donc parlé de chose semblable? se demanda Jeannin.

Un écho mystique et comme insaisissable se jouait dans son oreille et disait :

« C'est le roi ! c'est le roi ! »

Il se souvint alors de l'histoire racontée à cette même place par le nain Fier-à-Bras : Cet homme au surcot brun qui était descendu dans la cour du monastère et qui avait baisé une image de saint Michel quand Jean d'Armagnac, comte de Comminges, était venu lui apporter le refus du duc de Bretagne.

Cet homme que le comte de Comminges avait appelé Votre Majesté !

Jeannin ouvrit de grands yeux et regarda Pierre Gillot d'un air ébahi.

Celui-ci ne comprenait trop rien à ces changements qui avaient lieu depuis quelques secondes sur la physionomie du bon écuyer. L'inquiétude lui venait parce que Jeannin ne parlait plus.

— Je me suis présenté à vous. l'ami, dit-il, avec un signe de votre compère Bruno. Je suis assuré que vous ne me ferez point de mal.

— Qu'arriverait-il? qu'arriverait-il? pensait Jeannin si le roi de France était prisonnier dans quelque château-fort breton comme la tour le Bat de Rennes ou le donjon d'Hennebont?

Ma foi ! le nain entama un second pot de conserves !

— Le digne frère vous a donné à moi, reprenait Olivier le Dain, comme un modèle d'honneur et de loyauté. Il m'a certifié...

Jeannin l'interrompit d'un geste péremptoire.

— Ne mentez pas, dit-il; êtes-vous oʼi ou non, Louis de Valois, roi de France?

— Enfin, nous y voici ! pensa Fier-à-Bras dans son armoire; Bruno la Bavette fera une relique de son rosaire... Tudieu ! la bonne aventure !

XIII

On chercherait en vain dans l'histoire du monde un homme
comparable à Louis XI. Étrange amalgame des vertus et des
vices les plus opposés, unissant la puissance à la faiblesse, la
grandeur à la petitesse, le courage à la couardise, l'astuce
naturelle à la loyauté réfléchie, ce prince qui eut sur son siècle
et sur l'avenir, sur la France et sur l'Europe la plus considé-
rable influence, proposera peut-être une énigme historique
éternellement insoluble.

Mauvais fils, mauvais père, mauvais roi, disent les biogra-
phies. C'est juger lestement. On a fait sur lui des drames et des
romans, et aussi des tragédies : Walter Scott, Victor Hugo,
Casimir Delavigne nous ont montré les saints de plomb qui
pendaient autour de son chaperon. Pourquoi de plomb? Les
recueils d'anecdotes nous affirment qu'il avait douze chambres
à coucher pour tromper les efforts de ses assassins présomptifs.
La garde écossaise suffisait.

Et des trappes, et des potences, et des futailles de poison !

Au fait, était-il lâche, le héros de Dieppe? Était-il brave,
le fuyard de Montlhéry?

Bien des princes tombèrent autour de lui, foudroyés par la
mort mystérieuse. Il fit jaillir le sang des grands vassaux

décapités jusque sur le front innocent de leurs fils; mais il eut un règne de combat : la France agrandie lui dut plusieurs provinces; il brisa l'opposition tyrannique des hauts barons; il abattit et fonda; il conserva, il gouverna : il fut roi.

A l'époque où se passe notre histoire, Louis XI était dans la force de l'âge. Il avait quarante-sept ans et régnait depuis nuit ans.

Chose terrible et belle, alors, que de régner! Autour du trône, il y avait un cercle de grands vassaux dont chacun était parfois plus puissant que le roi. Louis XI avait pris pour mission de donner un peu d'air au trône et d'élargir ce redoutable cercle qui gênait les mouvements au souverain. Charles de Bourgogne et François de Bretagne eurent de ses nouvelles, mais ils lui rendirent coup pour coup.

Dans cette lutte acharnée, Louis XI resta vainqueur par lui et pour sa race. Ce que la civilisation a gagné de son fait, les plus simples le savent. Mauvais fils, mauvais père, c'est vrai; mauvais roi, c'est faux. La France, grande et une, date de Louis XI. Et ceux qui l'accusent d'avoir été le premier révolutionnaire oublient que, sans lui, la Révolution serait vieille, peut-être, de quatre cents ans, déjà.

Maître Pierre Gillot, de Tours en Touraine, tourné en Olivier le Dain, fit bonne figure à l'interrogation de Jeannin qui lui demandait de but en blanc s'il était le roi. Il se redressa si haut que Jeannin fit un pas en arrière; puis il répondit sans chercher de faux-fuyant :

— Oui, mon homme, je suis le roi.

Ce grand titre de roi n'avait peut-être pas alors tout le prestige qui l'environna plus tard. Entre le roi et la nation il y avait les seigneurs, et vis-à-vis de certains seigneurs, la suzeraineté royale n'était véritablement qu'un vain mot. Ainsi le duc François, par exemple, était maître au pays de Bretagne autant et plus que Louis XI à Paris.

Et cependant, autour de cette couronne de France, il y eut toujours une si belle splendeur, que les brouillards féodaux ni mille complications de l'écheveau politique n'en purent jamais obscurcir l'éclat. Jeannin porta la main à sa toque et se découvrit avec respect.

— Je suis tout entier à mon seigneur le duc, dit-il; mais que Votre Majesté m'ordonne quelque chose contre un autre que François de Bretagne, je crois que j'obéirai.

— Ah! ah! tu crois cela, mon homme! murmura le roi en souriant; voyons! assieds-toi là, vis-à-vis de moi, et trinquons si tu veux.

Jeannin s'inclina, mais ne s'assit point.

Nous ferons remarquer qu'auprès de Jeannin, Pierre Gillot ne parlait plus, comme il avait fait avec Bruno, de ce fantastique mariage entre deux enfants qui étaient encore dans les flancs de leurs mères : Charles et Anne.

Louis XI, le plus fin diplomate de son temps, mentait volontiers le long de la route, mais quand il arrivait au but, il parlait droit. Ses négociations orales avec Charles le Téméraire, dénaturées pour le besoin des fictions dramatiques, sont des modèles de franchise et de précision. Ce mortel ennemi de la chevalerie fut un aventurier à sa manière. Il allait de l'avant, et l'histoire, qui le fait si cauteleux est obligée d'avouer à chaque instant ses étranges hardiesses.

— Ne t'assieds pas si tu ne veux pas, ami Jeannin, reprit-il; c'est beaucoup, cela! c'est beaucoup de croire que tu m'obéirais! Dans ma terre de Bretagne, sur dix hommes portant la lance ou l'épée, il en est neuf qui me regardent comme un prince étranger, c'est-à-dire ennemi. On ne peut rien contre ce malheur des temps! D'autres jours viendront, et tu le sais bien, puisque ton maître vaillant, le saint Maurever, l'a dit à l'heure où les hommes sont prophètes.

— Oui, prononça Jeannin à voix basse et d'un air sombre, M. Hue l'a dit à l'article de la mort. Comment le savez-vous, peu m'importe! M. Hue a dit : La Bretagne va mourir...

— La Bretagne va vivre! interrompit le roi dont les yeux s'animèrent. Quand? je ne sais. Je demande à Dieu, pour mon compte, de vivre jusque-là et je mourrai content. Mais Moïse ne vit que de loin la bienheureuse terre de Chanaan, promise

à son peuple, et il est donné rarement à celui qui plante le
jeune chêne de se reposer sous son ombrage. Maître Jeannin,
je ne connais pas beaucoup de seigneurs à qui je voulusse parler comme je vous parle. Vous êtes de roture : la cause des
pauvres et des faibles est votre cause. Écoutez-moi bien : La
souffrance de tous est dans la division de l'autorité : me compre-
nez-vous?

— Non sire.

— J'ai vu en passant un vaste et beau champ de blé qui est au
bas de la montagne, dit le roi en changeant de ton tout à coup.

— A la lisière de la forêt? demanda Jeannin.

— A la lisière de la forêt.

— Il appartient à ma noble maîtresse, Mme Reine de
Kergariou.

Le roi sourit.

— Ami Jeannin, reprit-il, ce beau champ ne perdrait-il
pas de sa valeur si on le coupait de haies et de clôtures?

— Si fait, assurément,

— Dieu a fait un champ plus vaste et plus beau. Ce champ
est présentement gâté par des clôtures et des haies qui avilissent
son inestimable prix. Les divers lambeaux de ce champ ont des
noms, ils s'appellent Bourgogne, Bretagne, Languedoc, Gascogne, Flandres, Lorraine... Par saint Michel archange! ami
Jeannin, je veux, moi, que ce beau champ, depuis la mer du
Nord jusqu'aux Pyrénées, depuis la Manche jusqu'au Rhin et
aux Alpes, s'appelle d'un seul nom : LA FRANCE. Comprenez-
vous, maintenant?

— Oui, sire.

Le nain comprenait aussi, et il se disait :

— Par mes confitures ! l'honnête seigneur que voilà ! A moi
tout, rien aux autres !... Mais si, au lieu de lui donner Nantes,
Toulouse, Lille, Dijon et Péronne, on lui prenait Paris, ce
serait tout un ! Je parie que Jeannin le simple ne s'avisera pas
de cela !

Voilà pourtant comme les nains entendent la politique ! ont-
ils tort?

— Si vous comprenez, poursuivit le roi, qui vous retient d'entrer dans cette noble entreprise? Je sais que vous avez accès auprès des plus puissants parmi ceux qui entourent le duc... auprès du duc lui-même. Et cependant vous êtes simplement homme d'armes au service d'une femme! Moi, je vous ferai plus grand que les orgueilleux qui vous dédaignent. On me connaît; on sait que j'attache peu de prix au hasard de la naissance...

— Qui t'a fait roi, pourtant! pensa le nain dans son trou.

— Vaines choses, poursuivait Louis, vaines choses, ami Jeannin, que ces privilèges gagnés au sort! Vaine chose aussi que l'aveugle fidélité du vassal!

— Sire, je ne vous comprends plus, dit Jeannin bonnement.

— Qu'est-ce que c'est, en définitive, que cette prétendue vertu qui consiste à tendre les dents au mors, le cou à la bride, les flancs à l'éperon? Ce dévoûment de bête de somme a-t-il un nom?

— C'est l'honneur, sire.

— Et qu'est-ce que c'est que l'honneur? demanda le roi.

— Je ne le sais pas, sire, répondit Jeannin, mais je le sens.

. . . .

Le soleil descendait à l'horizon quand Pierre Gillot quitta son siège.

Il y avait sur son visage, ridé avant le temps, du dépit et de la tristesse.

— Maître Jeannin, dit-il, on ne m'avait pas trompé, vous êtes un digne homme. Mais je me suis trompé moi-même en pensant qu'un fils du peuple entendrait celui qui parle au nom du peuple. Les temps ne sont pas venus. L'épée vaudra mieux que la parole pendant des siècles encore. Cela ne m'empêchera pas d'employer ma vie tout entière à briser les clôtures et à raser les haies qui déshonorent le beau et vaste champ de mon royal héritage. Puisque vous ne voulez pas travailler à ma vigne, adieu, maître Jeannin.

— Adieu, sire.

Jeannin le reconduisit, tête nue, jusqu'au seuil du manoir.

Pierre Gillot donna de la houssine à son bidet, qui était cependant bien innocent du mauvais succès de la négociation.

Il avait proposé à Jeannin d'enlever François de Bretagne et de le conduire au mont Saint-Michel. Jeannin avait refusé. Mais les paroles entendues étaient restées au fond de cet esprit droit et naïf. Ce qu'on lui avait dit revenait à sa mémoire, et l'impression produite était profonde. C'était sa loyauté inébranlable qui avait refusé; son intelligence était avec le roi.

— Oh ! le sot ! oh ! le baudet ! oh ! le triple nigaud ! lui cria le nain Fier-à-Bras, comme il rentrait pensif dans la salle à manger.

— Tu étais là, toi? demanda Jeannin dont les yeux rencontrèrent la porte ouverte du buffet.

— Eh ! oui, j'y étais !

— C'est toi qui disais : C'est le roi ! c'est le roi !

— Eh ! oui, c'était moi ! Ah ! Jeannin ! pauvre d'esprit, tu ne seras jamais chevalier !... Il fallait accepter !

— Accepter ! Une trahison !

— Ou bien, continua le nain, mettre ta large main sur l'épaule du finaud et lui dire : Au nom du duc François, mon seigneur, vous êtes mon prisonnier, sire !

— Mettre la main sur le roi !

— Ah ! Jeannin ! Jeannin ! tu ne seras jamais chevalier. Et ta fille pleurera tant qu'elle mourra !

— Ma fille ! s'écria Jeannin qui le regarda ébahi.

A ce moment, Jeannine passa le seuil de la salle. Elle était toute pâle et bien changée. Elle portait un costume de voyage.

— Mon père, dit-elle, je pars pour Dol, sous votre bon plaisir.

— Et quand reviendras-tu?

— Je ne sais; ma grand'mère Le Priol veut bien que j'habite avec elle.

Jeannin croyait rêver. Sa fille était née au manoir du Roz. Pourquoi ce départ? Pour la première fois, la lumière essaya de se faire dans l'esprit du bon écuyer. Il regarda du côté de

Fier-à-Bras. Mais Fier-à-Bras tourna la tête. Jeannin hésita avant de parler.

— Tu ne veux donc plus demeurer au manoir, ma fille? demanda-t-il avec une sorte de timidité.

La voix de Jeannine devint plus basse et trembla légèrement.

— Je ne le peux plus, mon père, répondit-elle.

— Oh! oh! oh! s'écria en ce moment le nain qui se guinda sur l'appui de la croisée! voyez! voyez!

Jeannin et sa fille regardèrent au dehors. Dans le chemin qui descendait au Marais de Dol, les derniers rayons du soleil couchant mettaient de rouges reflets aux casques et cuirasses d'une troupe d'hommes d'armes. Au centre de la troupe, l'homme au surcot brun chevauchait sur son humble bidet.

Maître Pierre Gillot n'était pas entré à l'étourdie sur le domaine de son cousin de Bretagne!

Jeannin détourna les yeux de ce spectacle et les reporta sur sa fille.

— Enfant, dit-il en la baisant au front, tu es comme ta mère; ce que tu penses est bien pensé. Va demeurer avec ton aïeule, et que Dieu nous protège!

— Dame Fanchon Le Priol, grommela le nain, loge vis-à-vis de l'hôtel de Maurever. Vous verrez que désormais messire Aubry ne se fera plus prier pour rendre visite à sa belle cousine!

XIV

LE LOGIS DE BERTHE

A la place où fut commencée, quelques années plus tard, cette magnifique cathédrale de Dol, qui tombera en poussière avant d'être achevée, la rue Miracle descendait tortueusement vers le champ de foire. C'était le quartier noble. Il y avait jusqu'à cinq hôtels projetant leurs pignons pointus sur l'étroite voie, et ces cinq hôtels faisaient l'achalandage principal de dame Fanchon Le Priol, autrefois métayère au bourg de Saint-Jean, présentement mercière.

Dame Fanchon ouvrait sa boutique, bien fournie de rubans, lacets, agrafes, cordonnets de soie et touffes de laines tressées, juste en face de l'Hôtel de Maurever. Elle avait de l'âge, la bonne femme, mais elle gardait honnête mine et buvait encore son écuellée de cidre d'une seule haleine. Simon Le Priol, son mari, dormait depuis longtemps au cimetière.

L'hôtel de Maurever était un édifice assez grand, qui abritait sa porte massive dans un enfoncement en forme de niche. La vierge Marie et sainte Anne étaient dans deux autres niches plus petites aux deux côtés de l'huis. Le soir, on allumait deux petits cierges de résine sous les pieuses images, et c'était l'unique éclairage de la plus belle rue de Dol.

Nous penchons même à croire qu'on l'appelait la rue Miracle à cause de ces deux lampions protecteurs, car, à cette époque,

c'était vraiment merveille qu'une lumière brillant dans la nuit
d'une ville bretonne !

Deux petites tourelles, de hauteur et de formes inégales,
avançaient sur la rue aux deux cornes du portail ; celle de
droite avait un balcon de fer qui faisait saillie sous son dais
de granit festonné. Sur ce balcon s'ouvrait la fenêtre de
Berthe-Mathilde de Maurever, demoiselle de Montfort, fille
d'Enguerrand de Maurever, seigneur de Montfort et du
Bosc, cadet de feu M. Hue.

Berthe possédait un grand héritage du chef de sa mère, qui
était de la maison de Combourg, et n'avait pas de frère.

La fenêtre de Berthe, haute et large, coupait son cintre en
ogive très évasée. Les carreaux s'enchâssaient dans des trèfles
d'ébène, reliés par des couronnes ovales et ouvertes comme
celles qui se tiennent suspendues sur la tête des saints. La
chambre était hexagone. Le pan qui faisait face à la croisée
rentrait dans le corps de logis et formait une énorme alcôve,
au fond de laquelle se dressait un prie-Dieu entre deux chan-
deliers d'argent à branches. A droite de l'alcôve une porte
vitrée donnait issue sur un jardin suspendu, communiquant
par des terrasses tournantes avec les grands parterres de l'hôtel.

A gauche, c'était le *réduit pour s'ajuster :* la toilette.

Berthe avait dix-huit ans, il lui fallait peu de soins pour se
faire belle. Elle n'avait qu'à ne point trop cacher ses brillants
cheveux à reflets perlés sous le cône rigide que la mode impo-
sait alors aux têtes des nobles dames ; elle n'avait qu'à montrer
sa taille hardie et flexible, ses belles mains blanches et son
petit pied de fée ; elle n'avait qu'à relever les longs cils de la
paupière, voilant la fierté douce et tendre de ses yeux bleus ;
elle n'avait qu'à sourire.

Elle était grande ; il y avait un peu de hauteur dans sa
grâce, mais beaucoup de naïveté. Les pauvres gens de Dol savaient si elle était charitable et bonne !

Elle avait perdu sa mère dès l'enfance, son père qui l'avait
élevée, était un assez beau portrait de famille. Il suivait la

cour de Nantes. Au temps de la Praguerie ç'avait été un superbe capitaine.

Nous entrons à l'hôtel de Maurever quinze jours après la visite que fit Pierre Gillot, de Tours en Touraine, au manoir du Roz. Il n'était pas encore midi Berthe achevait sa toilette.

Javotte, sa fille de chambre, grosse brune aux yeux rieurs, étageait le long de ses joues les tresses lustrées de sa coiffure et bavardait comme il convient à une camériste doloise. Les cameristes doloises ressemblent aux filles de chambre des autres pays.

— Pour quant à ça qu'il est gentil, mais gentil tout plein, oh ! Seigneur Dieu du ciel ! disait-elle en supprimant les virgules pour ne rien perdre, c'est la vérité vraie, je ne mens pas ! Quand il chevauche dans la rue avec Jeannin, son écuyer, (encore un qui est beau, c'est sûr !), toutes les demoiselles se mettent aux fenêtres pour le voir passer. Que c'est même effronté, à elles, on peut le dire, de se pendre aux croisées pour dévisager les hommes d'armes !... Tournez voir un petit peu votre tête, demoiselle Berthe... Là !... Quoique ça, la Raoulette Guennec (depuis qu'il est échevin, son père a tant grossi, qu'il se tient de côté pour passer à la porte du Champ-Dolent !), la Raoulette lui sourit tant qu'elle peut, à l'écuyer Jeannin...

— Tu es médisante, petite Javotte, dit Berthe doucement.

— Moi, médisante, demoiselle ! ah ! mi Jésus ! Croyez-vous que ça ne m'est pas bien égal que la Raoulette, et même Fanchon du Haut-Lieu, sans parler d'Yvonne la Rousse, fassent les doux yeux à l'écuyer Jeannin? Mais dame si ! mais dame si ! ça m'est bien égal ! Tout ça c'était pour vous dire que messire Aubry perd la tête à cause de vous ! Depuis quinze jours, il vient en la ville de Dol matin et soir. Il passe, il repasse bonté des anges ! Par la rue Miracle, à pied, à cheval, le matin, le soir...

— Et jamais il ne franchit le seuil de l'hôtel ! interrompit Berthe avec tristesse.

— Ah ! mais dame ! ah ! mais dame ! s'écria la grosse

Javotte; depuis que le monde est monde, les jeunes gars sont plus timides que les demoiselles. Ça tient à la différence des sexes, comme dit mon oncle Bruno, qui est moine et savant de nature, car il n'a jamais étudié.

Voilà donc pourquoi Javotte était si bavarde! Elle avait un peu de bon sang de Bruno dans les veines.

— De quoi! reprit-elle, faudrait-il pas que messire Aubry fût gaillard comme s'il portait des jupes? Allez! il n'a pas besoin d'entrer à l'hôtel... à moins que ce ne soit pour moi ou la petite Jeannine de chez la Le Priol qu'il passe et repasse dans la rue Miracle...

Elle éclata en un bon gros rire franc et joyeux.

Les longues tresses de Berthe tombaient en désordre sur ses joues. La main de la fille de chambre, un peu rouge, faisait ressortir la délicate carnation de ce visage si jeune et si beau. Certes, ce n'était pas, en effet pour Javotte que messire Aubry passait et repassait dans la rue Miracle.

— Tu sais, dit Berthe, fais que mes tresses se renflent et descendent en s'arrondissant. Un jour que j'étais coiffée ainsi, je me souviens qu'il regarda longtemps mes cheveux.

— Oh! comme vous vous aimez tous deux, ma chère maîtresse! et le joli ménage que vous ferez!

Berthe baissa les yeux et un incarnat fugitif vint animer sa joue trop pâle. Elle avait presque un sourire.

— C'est singulier, murmura-t-elle, tu me dis toujours qu'il m'aime, toi, Javotte; mon père me l'assure, madame Reine me l'écrit, le bon écuyer Jeannin m'en jure ses grands dieux... Et lui... oh! lui ne m'a jamais rien dit de semblable!

— Son sexe, mademoiselle Berthe! son sexe! s'écria la rustique camériste, songez à son sexe! J'ai ouï dire qu'à Paris c'est autrement. Messire Aubry est de Bretagne. Mi Jésus! moi, qui vous parle, Julien Moutonnet, mon promis, a été deux ans avant d'oser me donner son premier coup de poing dans le dos! Regardez voir si vos tresses vous conviennent.

Berthe jeta un regard distrait au petit miroir qui basculait entre deux colonnettes de bois sculpté.

Elle était si charmante que sa tristesse ne put tenir. Un éclair de naïf orgueil s'alluma dans ses beaux yeux.

— Oui, ma fille, dit-elle, mes tresses me conviennent. Mais tu parlais de Jeannine tout à l'heure, pourquoi ne me vient-elle plus visiter?

— Oh! quant à cela, sur ma foi, je n'en sais rien! répliqua Javotte; je ne m'occupe pas beaucoup de ce petit monde. Mais que je vous raconte donc quelque chose qui va bien vous divertir; une histoire de l'Ogre des Iles!

Javotte qui s'était éloignée pour voir à distance l'effet de la coiffure, ne s'aperçut point qu'un tremblement faible agita tout à coup les paupières de sa jeune maîtresse, pendant qu'une nuance de pâleur plus mate remontait à son front. S'en fut-elle aperçue, que rien ne lui eût semblé plus naturel, car il suffisait de prononcer le nom terrible du comte Otto Béringhem, l'Homme de Fer, pour faire pâlir et trembler les jeunes filles.

C'était le grand épouvantail des côtes normandes et bretonnes. Le peu de mots que nous en avons dit dans les premiers chapitres de cette histoire, l'ont montré déjà sous ce jour fantastique et mystérieux qui grandit héros et coquins au-dessus de la taille humaine.

Mais nous n'avons pu dire l'innombrable quantité de versions, changeant de lieue en lieue, le long de la côte, qui prêtaient cent figures diverses au même personnage, et le chargeaient d'un fardeau de péchés que n'eussent pu porter cent larges consciences de réprouvés.

Le fond de tout cela était manifestement une réminiscence des horreurs idiotes et sauvages, révélées par les récents procès du maréchal de Raiz. L'esprit public avait été violemment frappé. On voyait partout des crimes contre nature, des miracles que la science des alchimistes promettait toujours pour ne les produire jamais.

Chaque forêt était alors peuplée d'esprits malfaisants. Le plus clair taillis avait son petit diable qui égratignait les passants, lorsque sa faiblesse ne lui permettait point de leur tordre le cou.

Les épouvantables fêtes du château de Barbe-bleue, les sépulcres violés, les autels profanés et tachés de sang humain, les caves de Tiffauges, pleines d'ossements qui n'avaient pas voulu se changer en or, le grand chêne creux de Pausauges, mutilé d'en haut par le feu céleste, brûlé d'en bas par l'haleine de l'enfer, le puits de Craon où bouillonnait l'eau chaude et rouge, enfin ces sombres et magnifiques galeries où l'infâme Florentin Prélati s'entretenait avec le roi du mal, tout cela avait été consacré pas des débats publics, suivis d'un arrêt solennel.

Et les juges étaient Jean de Malestroit, évêque de Nantes, chancelier de Bretagne, et Pierre de l'Hospital, sénéchal de Rennes, président de Bretagne.

Ces hauts seigneurs, l'un prince de l'Église, l'autre à la fois homme d'État et chef de la magistrature avaient recueilli l'aveu des coupables en pleine séance de l'officialité.

Et chacun se souvenait de l'échafaud tendu de noir où Gilles de Raiz, le fils du grand comte Brémor de Laval, était monté, les mains jointes, la tête rase, les larmes aux yeux.

Des années s'étaient écoulées depuis lors; mais les choses sombres et terribles ne s'oublient pas en Bretagne.

Les veillées répétèrent le nom maudit de Gilles de Raiz pendant bien longtemps, et la poésie, qui est l'âme des chaumières bretonnes s'empara de la légende pour la perfectionner, pour l'exagérer, pour la diviser à l'infini, et composer avec chacun de ses tronçons un conte à hérisser les cheveux.

Le diable a toujours été grandement à la mode chez les bonnes gens de nos côtes de l'ouest. Il était alors plus à la mode que jamais. Chacun savait bien qu'il y avait dans les roches de Pen-March des hommes à longues chevelures bleues, nourris de l'écume des mers, qui savaient le mot formidable auquel obéit la tempête.

Auprès des grottes druidiques de Sen, parmi les troncs sacrés qui abritaient jadis les prêtresses (ceux qui ne croyaient pas pouvaient y aller voir), un Gaulois, plus âgé que le monde, écrasait de son souffle les navires en détresse dans la baie des Trépassés.

Carnac, chaque nuit de Noël, voyait une pierre de plus grossir l'armée de ses mystérieux *menhirs*. Et vingt-quatre vierges de la ville de Carentoir, égarées dans la forêt de Rieux, alignaient, sous les roseaux de l'Oust, leurs pauvres squelettes, disséqués par la Femme Blanche des Marais, ce gigantesque fantôme, habillé de brouillards qu. plane au-dessus du gouffre de Trémeulé.

Pourquoi? Hélas! jeunes et vieux pouvaient répondre : parce que tout était confusion et impiété sur la terre; parce que la sainte croix des paroisses n'avait plus le pouvoir de protéger les alentours!

Il eût été bien singulier que, dans ce déluge de croyances surnaturelles, les grèves du mont Saint-Michel, si fertiles en malheurs, les côtes brumeuses et ces îles que l'œil devine au loin, par delà Tombelène, restassent sans légende. Aussi en eurent-elles plutôt dix qu'une seule, et l'Homme de Fer, l'Ogre des îles, fut comme le Jupiter de cette obscure et fantasque mythologie.

Le comte Otto Béringhem était dans le pays depuis quatre ans. Le motif apparent de sa venue avait été un pèlerinage à la basilique du mont Saint-Michel; mais il n'y était entré qu'une fois, armé, visière baissée, et on l'avait emporté à bras hors de la chapelle où il était tombé dès l'introït de la messe, comme si la foudre de Dieu l'eût atteint.

Une chose étrange parmi tant de bizarreries, c'est que personne n'avait aperçu jamais le visage du comte Otto. La galerie de son casque, couronné de perles, était toujours fermée.

Les uns prétendaient qu'il était noir comme les sauvages des sources du Nil, les autres disaient que la visière de son casque d'or recouvrait le visage d'un squelette. Les premiers approchaient peut-être davantage de la vérité, car le comte Otto avait toujours à sa suite deux écuyers et quatre servants d'armes qui, tous les six, étaient de race nègre.

Il les habillait de soie blanche brodée d'argent.

Maintenant, comment exprimer cela? le comte Otto était

triple : il y avait en lui l'Homme de Fer, à la barbe bleue, l'ogre et le spectre des légendes allemandes, apportées en Bretagne par les pèlerins du Mont. Les gens de la campagne bretonne conçoivent et rendent parfaitement ces prodigieuses multiplications de l'être. En thèse générale, leur esprit, saturé de récits merveilleux, n'a besoin d'aucun effort pour admettre l'impossible. Le comte Otto Béringhem, sous sa première espèce, l'Homme de Fer était un guerrier armé de toutes pièces, monté sur un grand cheval noir, et suivi de six Éthiopiens couleur d'ébène qui portaient des tuniques blanches. L'Ogre des Iles, au contraire, était un monstre velu, courant la nuit, à poil sur un cheval sauvage, tout nu, avec une hache dans la main, de la fumée dans les dents, du feu dans le creux de ses yeux.

Et pourtant l'Ogre et l'Homme de Fer étaient bien la même personne, qui se transformait au besoin et prenait une troisième apparence. Celle-ci était le rêve germanique : un beau jeune homme, pâle comme le linceul des morts, froid, triste, muet, des cheveux noirs soyeux, sur un front d'ivoire, des mains plus blanches et plus efféminées que les mains d'une fille noble, un regard doux, une voix grave et tendre...

Or, choisissez entre les trois !

Et ne vous étonnez plus s'il y eut un peu d'émotion chez la jolie Berthe de Maurever quand Javotte, sa chambrière, lui annonça qu'elle allait conter une histoire du comte Otto Béringhem.

XV

A LA PLUS BELLE !

Javotte commenç; ainsi cette histoire qui devait tant divertir Berthe de Maurever :

— Voilà donc qu'hier, à la brune, on a fermé les portes de la
ville, à cause des soudards du roi de France qui campent là-
bas, de l'autre côté de Couesnon, au bord de la grève. C'est bon.
Mais il y a des êtres qui passent par les portes fermées, pas
vrai? Et à propos des soldats du roi de France, j'espère que
nous allons en avoir, des fêtes, en veux-tu en voilà !...

Elle s'arrêta pour compter sur ses doigts.

— Tenez ! fit-elle, nous avons d'abord l'*assemblée* (1) de
Pontorson, d'ici et de là du Couesnon : Bretagne et Normandie,
avec les milliers de pèlerins des grèves, oh ! mi Jésus ! ce sera
beau, par exemple : voilà pour une. Nous avons ensuite la
grande cérémonie où le roi consacrera ses nouveaux chevaliers
de Saint-Michel : tournois, joutes, bagues et le tra déri déra
la la ! Ça fait deux. Vous en serez, si vous voulez; pas moi.
Nous avons enfin la réception de notre seigneur le duc qui va
venir en sa bonne ville de Dol avec toute la cour nantaise...

— Mais ton histoire, ma fille ! dit Berthe.

— C'est vrai, mon histoire... Il y a donc des êtres qui passent

(1) On nomme ainsi les fêtes patronales dans la haute Bretagne. Dans
le Morbihan, le Finistère et les Côtes-du-Nord, ce sont les *pardons*.

par les portes fermées. Je dis : pour sûr. Et ça n'est pas si rare que le merle blanc ou le trèfle à quatre feuilles. Quoi ! on ne parlait que de ça au marché ! L'histoire, la voilà : Vers onze heures de nuit, l'homme de guet, et n'est-ce pas une honte qu'il n'y ait pour garder la ville de Dol qu'un pauvre écloppé, sans dents, qui boite des deux jambes et qui porte sa hallebarde de la main gauche, pour cause qu'il est manchot de la droite? Oui, bien ! vers onze heures, Renot, l'homme du guet (est-ce un homme, cette pauvre créature?), Renot crut entendre au loin, du côté de la chapelle Sainte-Anne, un bruit de chevaux qui marchaient dans la boue. Dieu sait qu'il y en a de la boue dans notre bonne ville ! été comme hiver, quoi ! Le gardien Renot eut peur. Il mit sa hallebarde contre un mur et se cacha sous une porte. Il le fit; c'est lui qui l'a dit. Vous cacheriez-vous si vous portiez une hallebarde? Nenni moi ! Que vit-il, Renot? Ah dame ! voilà qui est drôle ! il vit l'Homme de Fer, dont personne ne découvrit jamais le visage. Il vit les six noirs, habillés de robes blanches : tous les sept à cheval. Pas un de plus ni de moins : Renot les compta. Les chevaux des noirs, blancs, le cheval de l'Ogre, noir avec son étoile d'argent entre les yeux. Je voudrais voir l'étoile. On ne meurt pas de peur. Ils allaient au pas tout les sept et ils chantaient je ne sais quelle antienne du démon. Voire ! Ce ne sont pas les refrains maudits qui nous manquent ! Quand ils furent passés, Renot, le garde de nuit, sortit tout doucement de sa cachette et les suivit en tremblant déjà la fièvre. Pauvre créature ! il est au lit, ce matin... Mais l'Homme de Fer ou ses noirs, où pensez-vous qu'ils allaient, demoiselle Berthe?

Berthe ne répondit point. Elle affectait l'indifférence, mais elle respirait avec peine, et ses joues avaient changé plusieurs fois de couleur.

Javotte reprit :

— Mi Jésus ! on dirait que vous êtes comme le vieux Renot et que vous tremblez les fièvres ! Dame ! il y a bien un peu de quoi ! Ils allaient, vrai comme je vous le dis, dans la rue Miracle où nous sommes...

— Ah !... fit Berthe involontairement.

— Je savais bien que cela allait vous divertir ! s'écria
Javotte. Et, s'il vous plaît, dans quel endroit de la rue croyez-
vous qu'ils se sont arrêtés? Dites-le, si vous le savez. Se sont-
ils arrêtés devant l'hôtel de Coëtivy? Non point ! Se sont-ils
arrêtés en face du logis de maître Postel, le prévôt, dont la
fille fait si bellement la demoiselle? Ah ! non vraiment ! je
vous le promets bien ! Se sont-ils arrêtés, les mécréants maudits, sous les fenêtres du baron de Trégoat, dont la nièce relève
son voile chaque fois qu'il passe une paire de guêtres? Que
non ! que non ! certes, certes ! Non plus auprès du portail de
l'hôtel de Combourg. Alors où donc? C'est moi qui vais vous
l'apprendre. Ils se sont arrêtés sous votre balcon, demoiselle
Berthe de Maurever.

— Sous mon balcon ! répéta la jeune fille dont les sourcils
délicats se froncèrent.

— Renot les a vus et Renot me l'a dit;... mais je voulais
vous demander cela : n'avez-vous point ouï leurs chansons?

Berthe tourna la tête et répondit par un *non* à peine intel-
ligible.

— C'est que les rideaux de votre alcôve sont épais, reprit
Javotte, et les volets de la croisée en bon bois. Mais ils ont
chanté, mi Jésus ! ils ont chanté ! Et l'Homme de Fer a une
belle voix bien douce, au dire du vieux Renot. Est-ce drôle?
Oui, oui, c'est drôle. Trouvez plus drôle ! Ce qu'ils chantaient, Renot ne le comprenait point; car c'était de l'étranger.
Mais, à la fin des fins, l'Homme de Fer a pris une viole pour
roucouler un tenson en français, et le refrain du tenson était :
A la plus belle ! vrai comme j'ai reçu le saint baptême. Voyant
quoi, le vieux Renot s'est bien douté qu'il s'agissait de vous.

— Tu es folle, Javotte ! dit Berthe qui, cette fois, rougit
tout de bon.

— Folle ! se récria la cameriste. Mi Jésus ! l'Homme de
Fer était en plein sous le lampion qui brûle en l'honneur
de Mme sainte Anne. A cet endroit, c'est certain, on ne peut
s'adresser qu'à vous, qu'à la petite Jeannine ou à moi... Mais

le plus étonnant, le voilà, sûrement : quand ils ont eu bien chanté, les sept cavaliers ont redescendu la rue et Renot les a encore suivis de loin. Pauvre créature ! de temps en temps il buvait un coup à sa gourde pour se donner un peu de cœur. Les sept cavaliers allaient, allaient. Jamais la ville n'avait semblé si grande au pauvre Renot. Il eût donné sa paye d'une semaine pour un rayon de lune. Mais la lune ne brillait point. Et devers la porte Saint-Sauveur, les sept cavaliers entrèrent en terre et disparurent comme autant de fantômes...

Javotte se tut. Elle n'avait pas tout dit cependant, car elle regardait sa maîtresse d'un air malin, et tenait ses doigts sous la bure de son corsage.

Berthe rêvait.

— Notre demoiselle, poursuivit Javotte, que pensez-vous de tout cela?

— Je pense, répliqua Berthe, que le vieux Renot avait eu trop souvent recours à sa gourde pour se donner du cœur, et qu'il t'a conté un rêve, ma fille.

Javotte s'attendait à cette réponse, car elle sourit et tira de son sein l'objet qu'elle y caressait depuis quelques secondes.

C'était un ruban de soie, crépi d'or, au milieu duquel des perles montées traçaient une ligne de caractères.

— Et ça, dit-elle, est-ce un rêve?

Berthe jeta les yeux sur le ruban et lut : *A la plus belle !*

Comme elle gardait le silence. Javotte poursuivit encore d'un accent de triomphe.

— Je vous le dis, cette incomparable galanterie est pour vous, pour moi ou pour la petite Jeannine !

Et certes l'inflexion de voix qu'elle prenait pour prononcer le nom de la *petite Jeannine* ne laissait rien à désirer. Javotte savait garder son rang.

Un page mignon entr'ouvrit la porte qui donnait sur la terrasse.

— La fillette de chez la Le Priol demande à vous entretenir, demoiselle, dit-il.

— Oh ! oh ! fit Javotte, quand on parle du loup...

— Qu'elle entre ! ordonna Berthe vivement.

Elle avait rapelé son charmant sourire et ce fut d'un ton de gaîté qu'elle s'écria en voyant paraître Jeannine :

— Bonjour, ma rivale !

C'était une allusion aux dernières paroles de Javotte, et Jeannine, qui n'était pas au fait, ne la pouvait point comprendre. Elle entra les yeux baissés, et ce mot, *ma rivale*, la fit tressaillir. Elle demeura auprès du seuil, toute pâle.

— Eh bien ! dit Javotte brusquement, est-ce comme ça qu'on salue mademoiselle de Maurever?

Berthe lui montra la porte.

— Laissez-nous, ma fille, murmura-t-elle.

Javotte obéit avec une répugnance manifeste.

— Ah ! dame ! ah ! dame ! pensait-elle en se retirant; de quoi ! des mercières, ces Le Priol; et Jeannin, un domestique ! Eh bien ! voilà une belle société (mais une belle, que je dis ! Oui, je le dis ! après?) pour la fille de Maurever ! Ça finira mal... ça finira mal... et je m'en bats l'œil encore ! Ah mais, qu'elles restent ensemble, qu'elles jacassent, qu'elles bavassent, qu'elles fricassent...

Oh ! le bon sang de frère Bruno la Bavette !

— Tiens ! fit-elle tout à coup en arrangeant d'instinct sa devantière, voilà Huel, le valet du chenil, qui dit que je chante mieux qu'un rossignol. Il s'y connaît, ce Huel !

Et pour donner une occasion de plus à Huel d'admirer sa voix, qui était aigre comme verjus, elle entonna dans le registre des fifres enrhumés la plus jolie chanson qu'elle eût jamais apprise :

Ouais ! Ouais !
J'ons perdu nos ouais ! (1)
Jean !
Jean !
Les as-tu trouvais?
Ouais ! Ouais !

(1) *Oies*. Ces désinences criardes du patois normand ont cours dans une partie de l'Ille-et-Vilaine.

Si tu l'z'as trouvais,
            Jean !
            Jean !
Faut m'les ramenais...

Si Huel, le valet de pied, ne fut pas content, c'est donc qu'il était bien difficile en fait de poésie !

Pendant cela, Berthe et Jeannine étaient restées seules.

Il y avait du contentement sur le visage de Berthe. Jeannine, au contraire, ne pouvait cacher la gêne qu'elle éprouvait.

— Moi ! balbutia-t-elle, songeant sans doute au motif qui l'avait éloignée du manoir; moi, votre rivale, demoiselle Berthe.

Berthe éclata de rire et la baisa.

— C'est une folie ! s'écria-t-elle; tu es mon amie, et voilà tout. Mais comme il y a longtemps que tu n'es venue, ma petite Jeannine ! je crois que tu ne m'aimes plus.

— Oh ! fit cette dernière, dont les yeux ne se relevaient point.

— Écoute, reprit Berthe, moi, je t'aime, tu le sais bien, comme si tu étais ma sœur. Quand j'ai appris que tu venais habiter avec ta grand'mère, la bonne Fanchon Le Priol, j'ai été bien heureuse. Je me disais : Il n'y a que la rue à traverser; je la verrai tous les jours... Eh bien ! méchante que tu es, tu m'oublies !

— Grand'maman a de l'ouvrage, dit Jeannine à voix basse; je travaille.

— Mauvaise raison ! ne peux-tu apporter ta broderie et travailler avec moi?

— Je n'oserais.

— Tu vois bien ! dit Berthe en frappant son pied contre terre ! tu ne m'aimes plus !

Jeannine prit sa main et l'approcha de ses lèvres respectueusement.

Berthe la retira avec colère.

En ce moment, si vous eussiez eu à décerner à l'une ou à

l'autre ce mystérieux ruban qui portait, écrit en lettres de perles : *A la plus belle !* je vous le dis, vous auriez été sérieusement embarrassé.

C'était la même jeunesse chez toutes deux, la même jeunesse riche et fleurie; c'était une grâce pareille.

Jeannine perdait bien un peu de ses avantages à n'être plus l'espiègle et vive enfant que nous avons vue naguère à la fenêtre du Roz, pendant que messire Aubry s'escrimait si malheureusement contre la quintaine. Mais la tristesse rêveuse qui la tenait depuis quinze jours, mettait à son front ce grain de poésie qui peut-être lui manquait autrefois.

Quant à Berthe, la poésie débordait en elle. Elle avait le cœur sur le visage : un cœur tendre et beau.

Berthe avait perdu sa mère alors qu'elle était encore tout enfant. C'était Mᵐᵉ Reine qui l'avait élevée. Ses premiers ans s'étaient passés au manoir du Roz, entre Jeannine et Aubry. Elle aimait Aubry son fiancé, et c'était une de ces affections qui ne cèdent ni au temps ni à l'absence. Elle se croyait aimée. Tout le monde semblait s'être donné le mot pour affermir cette croyance. Selon l'opinion commune, messire Aubry poussait la tendresse qu'il lui portait jusqu'au culte, et devenait muet devant elle, tant il était profondément épris !

Il y avait quatre ou cinq ans que Berthe avait quitté la manoir du Roz pour habiter la maison de son père. C'était une maison triste et un peu abandonnée, car le sire de Maurever n'y faisait que de très brefs séjours. Il suivait la cour de François II de Bretagne. Sa sœur aînée, dame Josèphe de la Croix-Maudit, veuve d'un gentilhomme normand, était surintendante à son lieu et place : une vieille et discrète personne, droite comme un I, maigre comme un clou, un peu revêche, très sourde et n'aimant point ce qui fait dépenser de l'argent.

Berthe était libre car dame Josèphe ne savait rien lui refuser, mais elle n'avait pas d'amies de son âge et de sa condition. Or, il lui fallait, de nécessité, quelqu'un à aimer. Bien que Jeannine ne fût pas la fille d'un gentilhomme, Berthe la traitait en tout comme son égale et son amie.

— Tu ne m'aimes plus! reprit-elle les larmes aux yeux et le rouge au front; et sais-je ce que j'ai fait, moi, pour que tout le monde me délaisse? suis-je donc méchante? suis-je donc...

— Oh! que vous êtes bonne, demoiselle Berthe! tout le monde vous aime.

— Demoiselle!... tu m'appelais Berthe autrefois, Jeannine. T'ai-je donc jamais fait sentir la distance que le hasard a mis entre nous? N'ai-je pas dit bien haut et bien souvent que je tenais ton digne père pour noble homme par le cœur et par la vaillance?

— Vous avez toujours été la meilleure, la plus douce, la plus indulgente...

— Tais-toi! s'écria Berthe en marchant vers la fenêtre que Javotte avait fermée avant de sortir; tu ne sais plus me parler! Il y a quelque chose entre toi et moi. Tout à l'heure, sur un conte de cette étourdie de Javotte, je t'appelais ma rivale...

— Au nom de Dieu! s'écria Jeannine effrayée, ne croyez pas cela, demoiselle Berthe.

Berthe, qui avait la main sur la targette de la fenêtre, ne put s'empêcher de sourire. Elle pesa sur le pommeau de la targette, et la fenêtre s'ouvrit, laissant passer un clair et vif rayon de soleil. Berthe regardait Jeannine, qui restait toute confuse.

— Voilà que je t'ai fâchée, dit-elle doucement et comme on demande grâce; il faut donc que je t'explique cette folie. La rue est entre nous deux, et l'on a trouvé dans la rue un ruban portant ces mots : A la plus belle! Voilà pourquoi Javotte disait...

Elle eut la parole coupée.

Une flèche, lancée par une main mystérieuse, passa par-dessus le balcon et vint se ficher dans le plancher, juste entre les deux jeunes filles, à égale distance de chacune d'elles.

Il y avait quelque chose d'attaché sous les barbes.

Quand la flèche ne trembla plus, Berthe et Jeannine reconnurent en même temps que l'objet qui pendait au bois était un cœur d'or semé tout de saphirs.

Elles s'approchèrent, curieuses, malgré leur frayeur étonnée. Les saphirs formaient des lettres entrelacées qui disaient : *à la plus belle !*

XVI

RIVALES

Celui qui avait imaginé cette bizarre et dangereuse galanterie ne devait pas être très loin, car la flèche, dirigée avec une
merveilleuse adresse, avait dû raser la joue de Berthe pour se
planter entre elle et sa compagne. Comme nous l'avons dit, le
logis de dame Fanchon Le Priol occupait l'autre côté de la rue.
Derrière le logis de dame Fanchon, qui était bas et à un seul
étage, il y avait des terrains vagues et des masures.

C'était de là très certainement que le coup était parti.

L'effroi de Berthe n'avait été qu'un mouvement passager.
Celui de Jeannine durait encore. Berthe monta sur le balcon et
regarda de tous ses yeux. La rue était déserte. Dans les orties,
broussailles et pauvres ruines qui s'étendaient à perte de vue
derrière la petite maison Le Priol, personne ne se montrait.

Berthe rentra et ferma la croisée.

Jeannine était toute tremblante.

— Je n'ai plus besoin de te rien expliquer, ma fille, dit
Berthe; tu vois ce que c'est... Et, aujourd'hui comme hier, la
pomme tombe entre nous deux. Est-ce pour toi, est-ce pour
moi?

— C'est pour vous, répliqua Jeannine, puisque c'est pour la
plus belle.

— Assieds-toi là, flatteuse! Ce n'est pas parce que ces

présents mystérieux sont destinés à la plus belle que je me les attribue, c'est parce que...

Elle hésita et jeta un regard furtif sur Jeannine qui était très pâle.

— Mais tu as peut-être, toi aussi, des raisons, dit-elle en baissant la voix, pour croire qu'ils te sont adressés?

— C'est vrai, dit Jeannine.

Et cela fut prononcé vivement, comme si elle eût été bien aise de faire un aveu à son tour.

Elle songeait. Elle songeait à ce hasard é' ange qui la mettait deux fois en face de Berthe et qui la faisait deux fois sa rivale.

Et combien de bon cœur elle lui cédait le bénéfice de cette seconde rivalité !

Quant à l'autre, pauvre Jeannine ! Ne vous suffit-il pas qu'elle ait perdu son gai sourire?

Aubry ! Aubry ! Depuis quinze jours, ce nom était sur sa lèvre et dans sa pensée. Mais elle ne mentait pas quand elle disait à Berthe : « Non, mademoiselle, je ne suis pas votre rivale. »

Elle ne mentait pas, car on ne pèche que par la volonté. Or, la pauvre Jeannine s'était enfuie du manoir du Roz précisément pour n'être pas la rivale de la fille de Maurever.

Elle aimait, c'est vrai; mais elle combattait vaillamment contre son cœur.

Berthe se trompait, Jeannine était son amie plus que jamais. Seulement, Jeannine ne pouvait plus se livrer aux joyeuses caresses qui égayent les entretiens des jeunes filles. Elle se sentait condamnée depuis le jour où elle avait quitté le Roz. Elle n'espérait plus.

Et la recherche obstinée d'Aubry lui faisait peur.

— Ah ! reprit Berthe intriguée, tu as des raisons de penser cela? Quelles raisons?

Au lieu de répondre, Jeannine tira de son sein un petit médaillon d'or guilloché où ces mêmes mots, répétés déjà tant de fois : *à la plus belle !* se trouvaient gravés au poinçon.

Berthe laissa échapper un mouvement de surprise.

— Avant-hier, dit-elle, en m'éveillant, j'en ai trouvé un tout pareil à mon chevet.

— C'est à mon chevet, avant-hier, en m'éveillant, que j'ai trouvé celui-là, murmura Jeannine.

Il y eut un silence.

Les deux jeunes filles se regardaient, également étonnées.

— Et... articula Berthe avec effort, l'as-tu vu?

Cette question choquait toutes les règles de la grammaire. En bonne syntaxe, l'article *le* devait se rapporter au médaillon, et pourtant il ne s'agissait plus du tout du médaillon.

Jeannine n'eût pas été femme si elle eût pris le change. Elle répondit sans hésiter :

— Je l'ai vu.

— Comment est-il? demanda Berthe.

— Il est beau... plus beau que pas un de nos jeunes gens.

— C'est vrai, murmura Berthe comme en se parlant à elle-même; Aubry lui-même est moins beau que lui.

— Oh ! fit Jeannine vivement, ce n'est pas la même chose ! Et se reprenant aussitôt, elle ajouta :

— Je veux dire qu'ils ne sont pas du même âge. Celui dont nous parlons a bien vingt-six ou vingt-sept ans à peu près.

— Il est blanc de teint, n'est-ce pas, comme un enfant ou une femme, et si pâle...

— Oh ! si pâle qu'on dirait un mort de marbre sculpté sur une tombe !

— Oui... et pourtant chacun de ses mouvements décèle la vigueur.

C'était Jeannine qui disait cela.

Berthe reprit :

— La première fois que je le vis, moi, c'était en la cathédrale. Il était adossé contre le second pilier de la nef, à gauche, et un rayon bleu tombait du vitrail qui fait la robe de la Vierge, sur son front triste. Je ne sais pourquoi mon cœur eut le frisson... Il vint du froid jusqu'en mes veines !

— Moi, répliqua Jeannine, je l'aperçus à la chapelle Saint-Jean. C'était le soir au salut. Il s'appuyait contre la statue de l'Évangéliste. La lune venait dans ses yeux, clairs et froids comme du cristal...

— Et il me regardait, poursuivit Berthe; il me regardait !

— Moi de même; j'en perdis presque le fil de mon oraison !

— Et son nom, demanda Berthe, le sais-tu?

— Personne ne le sait.

— C'est étrange !

— Ma grand'mère Fanchon, qui est vieille et qui cause avec tout le monde, dit que c'est un prince d'Orient, venu en pèlerinage au mont Saint-Michel.

— Il a bien l'air d'un prince ! murmura Berthe.

— L'aumônier de Sainte-Rosalie dit que c'est un païen et qu'on devrait fermer devant lui la porte des églises.

— Il a bien l'air d'un païen ! murmura encore Berthe qui rêvait; j'ai vu dans les figures de l'histoire Sainte le portrait de ce duc assyrien Holopherne, tué par la noble Judith, dame de Béthulie, au temps de Nabuchodonosor... Ce portrait lui ressemble.

— Depuis cette première fois, reprit-elle en s'adressant à Jeannine, je le rencontre partout sur mon passage... et avant-hier, je le vis, de loin, dans les bois de Landal, qui chevauchait aux côtés d'Aubry...

— Que Dieu garde messire Aubry ! prononça Jeannine si bas que Berthe ne put l'entendre.

— Est-ce que tu penses à lui? demanda Berthe tout à coup.

Jeannine recula épouvantée. Pour elle, cette question se rapportait à Aubry de Kergariou.

— A lui ! répéta-t-elle.

— Folle que je suis ! s'écria Berthe; autour du manoir Roz il y a des jeunes gens de ton âge. Tu as ton fiancé, sans doute... N'es-tu pas trop bonne chrétienne pour songer à cet inconnu que l'on soupçonne d'être un mécréant?

Jeannine respira. Mais elle ne voulut plus affronter le danger de ces méprises.

— Ma chère demoiselle, dit-elle en changeant de ton, vous m'avez fait oublier le motif de ma venue...

— C'est juste ! interrompit Berthe; il te faut à présent des motifs pour me venir voir !

— Mon père m'a écrit et m'a chargée de vous dire que messire Aubry sollicite la faveur de vous accompagner à l'assemblée de Pontorson, qui sera suivie de belles joutes sur la rive normande, en l'honneur des nouveaux chevaliers de Saint-Michel.

Le visage de Berthe s'éclaira.

— Certes, certes ! s'écria-t-elle, sans prendre souci de dissimuler sa joie; alors, il va venir?

— Dans une heure, répliqua Jeannine, messire Aubry sera ici avec sa suite.

— Et tu ne parlais pas, Jeannine ! Dans une heure !

Elle se leva toute souriante.

— Javotte ! Javotte ! appela-t-elle; ici ! vite ! vite !

— Mon Dieu; reprit-elle en se regardant, comme me voilà faite ! je ne sais pourquoi l'on me coiffe ainsi ! Javotte ! Javotte !

Javotte se montra sur le seuil.

— Mais viens donc, ma fille ! dit Berthe d'un ton grondeur et affairé; tu vois bien qu'il me faut faire un peu de toilette !

Javotte fixa sur elle ses gros yeux stupéfaits.

— Mi Jésus ! murmura-t-elle, nous venons d'y passer deux bonnes heures !

— Regarde ! continuait Berthe cependant : regarde si cela ne donne pas compassion ! Mon corsage fait un pli mal gracieux au beau milieu de ma poitrine ! et ne mettrait-on pas le poing dans ma ceinture? Ah ! Seigneur ! Seigneur ! que je suis abandonnée ! N'as-tu pas honte, Javotte, de me laisser aux bras ces festons surannés? La mode en était sous le feu duc ! et mes cheveux ! ne dirait-on pas que tu as cru coiffer Mme ma chère tante?... Vraiment, moi je t'admire, Javotte ! tu restes là, tu ne dis rien... Penses-tu que ce soit à toi que je parle?

— Ah ! dame ! ah ! dame ! fit Javotte suffoquée; mi Jésus ! faut pas mentir, qué qui vous a mordue, not' demoiselle?

Elle ne savait positivement point d'où lui tombait cette averse de reproches. Son regard courroucé se tourna vers

Jeannine. La pauvre Jeannine, triste et muette, se tenait
auprès de la croisée.

— C'est ce bel oiseau-là, pensa Javotte, qui me veut ce
paquet ! Je te retrouverai, péronnelle?

— Voyons ! reprit Berthe avec une pétulance croissante,
m'entends-tu, oui ou non? Je ne veux pas de ce corsage ! je
ne veux pas de cette ceinture ! je ne veux pas de ces tresses
lourdes et gauchement disposées !

— C'est bon, c'est bon, tout à l'heure c'était superbe !

— Je veux... je veux être jolie !

— Toute une chacune souhaite ça assez.

— Silence ! et à l'ouvrage !

Ce fut un grave et solennel quart d'heure, un vrai coup de
feu, où Javotte ne se montra point trop au-dessous de la res-
ponsabilité qui pesait sur elle.

Elle se multiplia, elle se surpassa.

La fine taille de Berthe s'assouplit sous un autre corsage;
ses beaux cheveux ondulèrent, prodiguant leurs opulents
reflets.

Jeannine était restée pensive. Il y avait une larme à sa
paupière.

Était-ce l'envie? oh ! non Jeannine n'avait rien de mauvais
dans le cœur, mais quand elle interrogeait l'avenir elle n'y
découvrait que menaces et tristesses.

— Là ! s'écria Berthe; viens çà, Jeannine ! suis-je belle?

— Oui, demoiselle Berthe, répondit la jeune fille, qui
essaya de sourire; vous êtes bien belle.

— Tu nous accompagneras, Jeannine?

— Non, répondit celle-ci avec un gros soupir, cela m'est
impossible.

— Je le veux...

— Je vous en prie, demoiselle, ne me demandez point
cela !

Mais Berthe lui prit la tête à pleines mains et la baisa gaî-
ment en répétant :

— Je le veux !

En ce moment, le pavé de la cour retentit sous les pas des chevaux. Berthe perdit sa gaîté. Elle jeta un regard craintif vers son miroir, et ne se trouva plus assez jolie.

Mi Jésus ! Javotte, qui était un peu physionomiste, craignit un instant d'être obligée de recommencer une troisième fois la toilette de mademoiselle de Maurever. Mais il n'était plus temps, heureusement pour Javotte. Berthe descendit au salon, où dame Josèphe de la Croix-Mauduit recevait messire Aubry et sa suite.

Une demi-heure après tout le monde était en route.

Le soleil chaud se cachait derrière les nuages. La cavalcade descendait le chemin de Dol à Pontorson.

C'étaient d'abord deux hommes d'armes de Maurever, suivis du page mignon de Berthe, qui se nommait Fidèle, tout comme un petit chien.

Venait ensuite la vieille dame Josèphe, montée sur une vieille haquenée grise, un vieux faucon au poing, un vieil écuyer à la hanche droite, une plus vieille suivante à la hanche gauche.

En troisième lieu, Berthe, Jeannine et Aubry chevauchaient côte à côte : Aubry entre deux.

L'arrière-garde était composée de Jeannin et de deux vassaux de Kergariou, équipés en hommes d'armes pour cette grande occasion.

Berthe était enchantée. Elle n'avait jamais vu Aubry, son beau cousin, si gai et si empressé auprès d'elle; aussi, elle se disait :

— Que j'ai eu bonne idée de faire une autre toilette !

Javotte, que nous avons eu le tort de ne pas mentionner dans le dénombrement de la cavalcade, se tenait entre sa maîtresse et l'arrière-garde. Elle était fort en courroux de voir la *petite Jeannine* sur la même ligne que mademoiselle de Maurever.

Elle eût été bien autrement courroucée si elle avait pu comprendre pourquoi messire Aubry était aujourd'hui si empressé et de si charmante humeur.

Pauvre Berthe avec sa seconde toilette! Jeannine allait dans sa simplicité de tous les jours.

Et pourtant, messire Aubry ne voyait que Jeannine.

XVII

LA CAVALCADE

Et pauvre Jeannine aussi ! car elle souffrait cruellement de ce qui peut-être eût fait la joie d'une autre jeune fille. Elle avait accompli son sacrifice sérieusement et résolûment. Cette journée rouvrait la plaie vive de son cœur.

Il n'y avait pas bien longtemps que Jeannine s'était interrogée au-dedans de son âme. Il avait fallu pour cela les regards soupçonneux de madame Reine, sa rudesse succédant à la bienveillante affection, ses demi-mots cruels, tout ce changement enfin qui s'était opéré en elle et que Jeannine n'avait pu manquer de constater.

Jeannine avait pour madame Reine le respect le plus profond, la tendresse la plus dévouée. Elle se demanda un jour pourquoi madame Reine avait ainsi changé. Hélas ! la réponse ne se fit pas attendre. Aubry était fils d'un chevalier; Aubry était héritier de trois domaines; Aubry avait devant lui tout un noble avenir.

Et le père de Jeannine n'était qu'un pauvre écuyer.

Ne vous étonnez plus si l'espiègle enfant est devenue en si peu de temps une jeune fille mélancolique et grave.

Le soir même de ce jour, où ses yeux s'étaient ouverts, Jeannine avait quitté le manoir.

Dans cette humble boutique de la rue Miracle, où dame

Fanchon Le Priol achevait sa vieillesse, la vogue était venue avec Jeannine. Les chalands abondaient depuis deux semaines. Nobles dames et bourgeoises accouraient pour voir la brunette dont tout le monde vantait le sage maintien et l'incomparable beauté.

La brunette ne songeait guère à ceux ou à celles qui s'occupaient ainsi d'elle dans la bonne ville de Dol. Elle s'était réfugiée tout au fond de ses souvenirs.

Ne plus vivre qu'au passé à seize ans ! c'est trop jeune, n'est-ce pas?

Souvent, tandis que son aiguille, distraite, piquait la fine toile d'un rabat, autour de la lèvre pâlie vous eussiez vu comme le reflet d'un sourire.

— A quoi penses-tu, petite fille? demandait la Le Priol.

— A rien, grand'mère.

Elle pensait aux paysages enchantés qui encadrent le cours de la Rance, aux verts coteaux de Châteauneuf, à ce ravin sombre où messire Aubry s'asseyait, au retour de la chasse, sous l'immense châtaignier dont le tronc se fendait.

Une larme furtive mouillait alors les longs cils noirs de sa paupière.

— Qu'as-tu, petite fille ! demandait encore dame Fanchon Le Priol.

— Rien, grand'mère.

Et quand la Le Priol ajoutait :

— Petite fille, on dirait que tu pleures?

Jeannine répondait effrontément, les yeux tout pleins de larmes :

— Mais non, grand'mère, je ne pleure pas.

Et refoulant tout au fond d'elle-même ses pauvres beaux souvenirs d'enfant. Elle pensait :

— Dieu est bon; je mourrai jeune !

Cependant, la cavalcade suivait le chemin tortueux qui longe le rivage.

— Bette, prononçait gravement la tante Josèphe en s'adressant à sa vieille suivante, Mme Reine de Kergariou est

Maurever, fille de feu mon honoré beau-frère, M. Hue, et par conséquent ma nièce propre et germaine. Puisqu'elle a pris les devants et que nous la retrouvons à Pontorson, je vous ordonne, Bette, de lui faire par trois fois la révérence de seconde dignité, la révérence de dignité première étant réservée au suzerain ; vous descendrez de cheval, Bette, et vous tâcherez de vous conduire de telle sorte qu'on dise : « Voilà une suivante qui sait son cérémonial. — Eh mais ! je crois bien ! répondra-t-on aussitôt, c'est la suivante de la noble dame Josèphe, douairière de la Croix-Mauduit. »

Bette s'inclina comme elle le devait.

— Approchez, maître Biberel, continua la douairière.

Le vieil écuyer s'approcha.

— Maître Biberel, dit la bonne dame, Mme Reine de Kergariou est Maurever, fille de feu mon honoré beau-frère, M. Hue, et par conséquent ma nièce propre et germaine. Il paraîtrait, maître Biberel, qu'elle a pris les devants et que nous la retrouverons à Pontorson. Je vous ordonne de lui présenter le triple honneur de dignité seconde, l'honneur ou hommage de dignité première étant réservé au suzerain. Vous lui tiendrez l'étrier, maître Biberel, et vous tâcherez de faire en telle sorte qu'on dise alentour : « Voilà un homme d'armes bien appris de tout point ! — Eh mais ! je crois bien ! répondra-t-on à l'entour, comment pourrait-il en être autrement, puisque c'est l'écuyer de la noble douairière de la Croix-Mauduit ! »

Le vieil écuyer salua avec respect.

Dame Josèphe regarda son vieux faucon. Elle eut manifestement envie de recommencer pour lui une troisième fois sa harangue, mais elle trouva la force de résister à cette fantaisie. Le vieux faucon, revêche et triste, sommeillait sur le poing ridé de la bonne dame.

Les hommes d'armes de Maurever et ceux de Kergariou causaient de la fête prochaine, et s'en racontaient d'avance les splendeurs annoncées.

Aubry parlait avec feu. Berthe, le rose au front, heureuse

comme elle ne l'avait jamais été en sa vie, l'écoutait et l'admirait.

Ferragus et Dame-Loïse, les deux lévriers du Roz, gambadaient dans la poudre et se lançaient d'un bond par-dessus les grandes haies, à la poursuite l'un de l'autre.

Jeannin seul, le bel et bon soldat, ne parlait à personne, ne voyait et n'entendait rien. Les méditations où il s'enfonçait étaient si laborieuses que la sueur découlait de son front.

— Si ma pauvre chère femme Simonnette était encore en vie, pensait-il tout en lâchant de gros et nombreux soupirs, elle me tirerait de là, mais Dieu me l'a prise... et moi, je ne sais pas penser tout seul.

— Non! je ne sais pas, poursuivit-il en essuyant la sueur de son front; j'en deviendrai fou, c'est bien sûr! Est-ce qu'un secret pareil n'est pas trop lourd pour la pauvre cervelle d'un homme d'armes! Le roi de France veut enlever monseigneur le duc François; j'aurais pu mal comprendre le langage du roi, mais ce diable de nain me l'a répété, et il ne me ment jamais à moi!

Il s'interrompit brusquement.

— Et ne m'a-t-il pas dit aussi, s'écria-t-il en lui-même, que ma fille mourrait si je n'étais pas chevalier? Dieu bon! j'ai eu grande frayeur un instant, j'ai cru qu'il y avait quelque mystère entre elle et messire Aubry, mais la voilà bien droite sur sa haquenée; elle n'écoute même pas ce que messire Aubry dit à sa belle cousine Berthe... Et comme il lui en conte aujourd'hui à sa belle cousine!

Ceci plaisait à l'honnête Jeannin et le fit sourire.

— Chevalier! grommela-t-il en haussant les épaules, à la bonne heure! l'ami Fier-à-Bras n'y va pas de main morte! Chevalier! moi! Jeannin, l'ancien coquetier des Quatre Salines! Allons donc

Il était parti de bien bas, le brave Jeannin. A l'âge de dix-huit ans, c'était encore un blond chérubin déguenillé, qui courait les pieds nus dans le sable, pêchant des coques et rêvant à Simonnette Le Priol, qui était autant au-dessus de lui qu'une reine est **au-dessus** de son page. Cet amour l'avait fait homme tout à coup, homme courageux (1). La veille encore il avait peur de son ombre, mais au siège de Tombelène il se battit si bien que messire Aubry, le père de notre Aubry actuel, lui avait donné sa lance à porter.

Depuis lors Jeannin était devenu gendarme. Mais chevalier, quelle moquerie !

Notez que la veille du jour où il se battit si bel et si bien au rocher de Tombelène, si on lui avait dit : Demain tu porteras la lance de messire Aubry, il eût répondu de même : Quelle moquerie ! Le défaut de Jeannin c'était la modestie. Nous parlons sérieusement. La modestie est un défaut quand elle enchaîne l'audace. Et ne pas oser le bien qu'on peut, est presque un crime.

Chevalier ! il ne daigna pas même arrêter longtemps sa pensée à ce rêve impossible. Les préoccupations politiques ne tardèrent point à l'obséder de nouveau. Il n'avait point, vraiment, la cervelle qu'il faut pour débrouiller de pareils échevaux.

— Puis-je laisser monseigneur le duc en danger? se demandait-il; et si je l'avertis, il passera le Couesnon à la tête de ses compagnies ! Je le connais, il le fera, c'est la guerre ! Et la pauvre Bretagne a si grand besoin de paix !

Que résoudre? Fallait-il parler ! fallait-il se taire? Ici un danger, là un autre. Les dernières paroles du vieux Maurever revenaient à la mémoire de Jeannin, il entrevoyait l'agonie de la Bretagne. Et sa détresse allait augmentant toujours, parce qu'il ne découvrait point d'issue à ses perplexités.

Comme il songeait ainsi, travaillant à vide, s'efforçant à tâtons, la cavalcade avançait. On avait traversé tout le marais de Dol; au loin on apercevait déjà les tourbillons de poussière et de fumée qui marquaient le lieu de la fête. Les hommes d'armes et Javotte trépignaient d'impatience. Javotte surtout, mi Jésus ! car Marcou de Saint-Laurent, le démon de

(1) Voir *la Fée des Grèves*.

page, devait être à la fête, et Javotte n'était pas sans espérer qu'à défaut de l'écuyer Huel, le page demanderait un jour ou l'autre sa main rougeaude.

L'escorte s'enfonçait dans le petit vallon d'Annoy. Le chemin se creusait, les talus couronnés de haies montaient. Au-devant des hommes d'armes de Maurever, un vieillard se montra, chevauchant sur un âne.

— L'ermite du mont Dol! l'ermite! le saint ermite!

Ces paroles coururent aussitôt dans la cavalcade, qui s'arrêta d'elle-même. L'ermite du mont Dol avait la vénération de tout le pays. C'était un saint, d'abord; en outre, c'était un prophète.

Dame Josèphe de la Croix-Mauduit voulut mettre pied à terre, afin d'exécuter une révérence de dignité seconde, la révérence de dignité première étant réservée au suzerain.

Berthe et Jeannine descendirent également de cheval.

L'ermite donna sa bénédiction aux hommes d'armes, inclinés sur le pommeau de la selle. Il était arrivé aux dernières limites de l'âge et la majesté de la vieillesse brillait à son front, couronné de cheveux blancs. Son visage amaigri par les austérités disait énergiquement la force et la pureté de son âme chrétienne.

Il salua la douairière et Berthe d'un léger signe de main.

Quant à Jeannine, ce fut assurément quelque chose d'étrange.

Il la bénit. Il la regarda. Il lui dit :

— Dieu vous garde, ma noble dame !

— Oh! oh! pensa Javotte, le bonhomme n'y voit plus goutte !

Jeannine mit la main sur son cœur et faillit tomber à la renverse, car elle avait rencontré, à ce moment-là même, pour la première fois depuis le départ, le regard étincelant d'Aubry de Kergariou.

Berthe se demandait.

— Noble dame ! Pourquoi noble dame?

Jeannin qui avait dans l'esprit un monde d'idées confuses, ne prit point garde.

Aubry, mettant un genou en terre, baisa la main de l'ermite

et vida son escarcelle entière dans le sac de cuir qui pendait
au cou de l'âne. L'ermite passa. Les gens de la cavalcade se
disaient :

— Noble dame ! la fille de Jeannin ! Est-ce erreur ? Est-ce
prophétie ?

Berthe, avant de remonter à cheval, baisa Jeannine au
front et lui dit :

— Que Dieu le veuille, ma mie !

Ce souhait venait du cœur, mais la voix de Berthe tremblait.

XVIII

LA FÊTE

Liesse! liesse! liesse! Vin de France! Cidre de Bretagne! Hypocras et cervoise, gras-double, boudins, saucisses, joies du ventre! Fête de l'estomac! Noël! Noël! ou, pour parler plus vrai, car le cri de l'allégresse populaire, en Bretagne non bretonnante, est énergique, gourmand et heureux

— Au lard! au lard! au lard!

Nous sommes à l'assemblée de Pontorson, des deux côtés de la rivière et sur le pont. Nous y sommes avec des connaissances et des amis : des boisseaux d'amis, des charretées de connaissances.

— Au lard! au lard! Au lard! petite Jouanne, la gardeuse d'oies; au lard! Pélo, le bouvier; au lard! Mathelin, le pasteur de gorets; au lard! Goton, Mathurin sans dents et les autres!

Sauf quelques différences qui existent encore entre les coutumes et les mœurs des deux pays, l'assemblée de Pontorson ressemblait énormément à nos fêtes des Champs-Élysées, de Pantin, de Clamart, de Saint-Cloud, etc. Les mirlitons florissaient sous le nom de trompettes d'oignon, les crécelles déchiraient déjà les oreilles. On courait dans des sacs. On essayait d'écraser un œuf à l'aide d'une baguette, avec une grosse tête de païen sur les yeux.

On tirait à l'arc, à l'arbalète, à l'arquebuse.

Les jeunes filles essayaient de couper à l'aveuglette des fils tendus avec leurs ciseaux.

Tout ce que nous pouvons accorder à la couleur locale, c'est que les pièces de dix sous s'appelaient des carolus ou autrement, et qu'il y avait des hommes d'armes au lieu de gendarmes.

Tout le reste était identique. La graisse rance des cuisines en plein vent offensait l'odorat comme chez nous. Les chevaux de bois couraient la bague. Et pour compléter la parité, des baraques pavoisées d'horribles tableaux appelaient la foule à toutes sortes de spectacles-attrapes.

Eh quoi ! notre âge orgueilleux penserait-il avoir inventé le lapin à douze pattes et le brochet qui chante? Débiles que nous sommes! Sous Louis XI, la jeune fille sauvage dévorait déjà des lambeaux de veau cru; les chiens étaient savants, témoin la fameuse chèvre Djali.

Sous Louis XI, l'hercule du Nord, souvenance des invasions norvégiennes, prenait des poids de cent livres entre ses dents et se promenait avec un archer de cinq pieds huit pouces, armé de toutes pièces, au bout de chaque bras. Lapalud, le chroniqueur castrais, parle d'un équilibriste du douzième siècle qui portait douze melons superposés sur la pointe de son nez. Douze beaux melons ! Sibylle de Faenza marchait au plafond, tête en bas. Gervais Givet, qui fut depuis bouffon d'un duc de Souabe, dansait sur des bouteilles, ni plus ni moins que notre Auriol. Couleur locale, où es-tu?

Remarquez avec nous combien Goton, la doyenne des servantes du Roz, avait encore bonne mine et combien Mathurin sans dents, son époux, était brave et proprement couvert ! Goton, il est vrai, gardait la trace d'un coup de poing sur l'œil, mais Mathurin avait une bosse au front, et il ne convient pas de s'immiscer trop avant dans le secret des ménages. Ils avaient fait ensemble une route de trois lieues. Quelques horions échangés allégent la fatigue et entretiennent la gaîté.

La fête avait lieu, comme nous l'avons dit, sur les deux

rives du Couesnon et sur le pont. C'était sur le pont même, en pays neutre, qu'on avait installé le fameux jeu de la grenouille, si cher au page Marcou, et dont nous parlerons plus tard avec détail.

Mathurin s'arrêta et s'assit sur le parapet.

— Eh bien ! fainéant, lui dit Goton, vas-tu rester là?

— Non, répondit Mathurin.

Comme il ne bougeait point, Goton le tira par la manche. Mathurin regarda l'eau couler; mais il n'eut peut-être point de mauvaise pensée.

— Écoute, femme, reprit-il; le Couesnon a un côté droit et un côté gauche. Lequel aimes-tu le mieux du côté gauche ou du côté droit?

— Le côté gauche, pardi, puisque c'est la Bretagne.

— C'est bon, dit Mathurin, qui sauta sur ses pieds; je te laisse ce que tu aimes le mieux, ma femme.

Il s'élança dans la foule qui encombrait le pont et passa sur la rive droite du Couesnon. Goton ne put que lui tirer la langue.

L'affluence était énorme; à chaque instant des flots pressés débouchaient de toutes les sentes qui aboutissent à la route de Pontorson. Goton n'eut pas trop le temps de maugréer; elle fut entraînée par un des mille courants qui traversaient la cohue et se donna tout entière à la joie. La joie débordait.

Sur dix personnes prises au hasard, il y en a neuf et demie qui aiment passionément la poussière, le bruit, la presse; qui sont heureuses quand on leur écrase les pieds et qu'on leur enfonce les côtes, et qui respirent avec délices l'atmosphère viciée des foires, des salons, des tavernes bien bourrées, des salles de spectacle élégamment méphitiques.

La foule dégage une sorte d'ivresse : foule vêtue de satin ou foule habillée de bure. Entre ces deux genres de cohues, l'odeur varie sans cesser d'être mauvaise. C'est l'ail ou c'est l'ambre; c'est la saucisse brutalement insolente ou le sachet assassin. On aime cela, puisque les parfumeurs vivent et que les charcutiers font fortune. Ajoutez ces chaleurs odieuses qui montent au cerveau et ces défaillances qui retournent vio-

lemment le cœur ! Voilà l'attrait; c'est là ce qu'on adore, non
pas seulement sur les bords du Couesnon, mais partout.

Or, jamais cohue si plantureuse ne s'était massée autour
de Pontorson. Aujourd'hui, la fête; demain les joutes données
par le roi Louis XI à ses nouveaux chevaliers de Saint-Michel.
Rennes, Dinan, Saint-Malo, Vitré, Fougère, Antrain, pour la
Bretagne; Avranches, Granville, Mortain, Villedieu, Cou-
tances, pour la Normandie, avaient envoyé d'innombrables
curieux. La bure dominait, mais il y avait aussi de la soie :
un peu d'ambre parmi beaucoup d'ail.

Paysans, bourgeois, soudards, mendiants, villageoises, cita-
dines, enfants au maillot, jeunes couples, vieillards tremblo-
tants, caniches dépaysés, bohémiens, pèlerins, baladins, tire-
laines, badauds de tout âge, de tout sexe, de tout poil, se
mêlaient avec ce furieux désir de voir, d'aller, de pousser, qui est
l'assaisonnement de toute bonne fête. On buvait, on mangeait,
on riait, on criait, on se battait, on s'embrassait. Quelques
femmes et quelques petits enfants étaient étouffés çà et là
ou écrasés. Eh bien, que voulez-vous ! on ne peut éviter cela.
Faut-il renoncer à la navigation parce que l'Océan a des nau-
frages? Plus tard on dit avec plaisir : « C'était beau ! il y eut du
monde d'étouffé ! »

Une fête où personne n'est écrasé ne date pas.

La rive normande était de beaucoup la plus riche en baraques
et en spectacles. On y voyait de belles boutiques foraines
toutes reluisantes de clinquant et de faïence mordorée. Un
peu au-dessus du pont, toujours sur la rive normande, il y
avait un château, si voisin de la ville qu'on lui laissait le nom
d'hôtel.

C'était l'habitation des sires du Dayron, branche de Rague-
nel.

La terrasse du château, qui était vaste, dominait le pont
et les deux rives. La dame du Dayron, jeune encore et magnifiquement dotée, avait ouvert les portes de sa demeure à tout
ce qui portait un nom noble. La terrasse regorgeait de parures
et d'armures.

Mme Reine, Berthe de Maurever et sa tante, messire
Aubry s'y trouvaient avec des dames et des chevaliers de
France. De toutes les parties de la plaine, bien des regards se
tournaient vers ce point lumineux où l'or et le fer renvoyaient
en gerbeles étincelantes les rayons du soleil...

Mais nous ne nous trompons point, voici, dans la prairie,
un froc proprement décapuchonné qui s'en va de ci de là,
semant des boisseaux de paroles sur son passage.

C'est le digne père Bruno la Bavette, qui est là par permission spéciale du prieur des moines et qui ne perd pas son
temps.

Il apprend à chacun la nouvelle, la grande nouvelle qu'il
tient du compère Gillot, de Tours en Touraine : à savoir que
M. Charles de France, qui n'est pas encore né, va épouser
Mme Anne de Bretagne, qui naîtra peut-être.

Chacun riait au nez du brave frère, mais il ne se déconcer-
tait point, et livrait gratis le secret d'État à tout le monde. Il
allait dans la foule, cherchant le *petit* Jeannin, pour savoir
le résultat de la visite du compère Gillot et où en était l'importante négociation.

— Bonjour, Monique, disait-il à la volée; j'ai connu ta mère
du temps qu'elle gardait les ânons... Bonjour, encore? Eh !
eh ! Mathieu Boudin, vieux loup; trouves-tu toujours ce qui
n'est pas perdu? Viens çà, Tiennet, mon homme, que je t'ap-
prenne la chose. Tu ne la diras pas? Monsieur Charles de France
fils aîné du roi Louis onzième, va prendre pour femme la
jeune fille du duc François...

Bien jeune, en effet !

Jeannin, lui, allait à l'écart, poursuivant la solitude introu-
vable, et courbé sous le poids trop lourd des pensées qui em-
plissaient son cerveau. Ce qui lui revenait toujours, c'étaient
les dernières paroles de M. Hue à l'agonie. L'heure annoncée,
l'heure suprême avait-elle sonné pour l'indépendance de la
Bretagne?

Jeannin se noyait dans son effort. Son intelligence s'émous-
sait contre le problème insoluble. Il ne voyait rien de ce qui se

passait autour de lui. Il était seul dans cette immense bagarre plus agitée qu'une mer.

Ma foi, la petite Jouanne dansait là-bas, sur ses talons déchaussés, avec Yvon, le pâtour du presbytère. Elle dansait au son de la bombarde, qui nasillait une sorte de gigue à cadences soubresautées. Le biniou accompagnait la bombarde fraternellement, le cher biniou ! bombarde et biniou : deux nez qui trompettent le plaisir bas-breton !

En dansant, la petite Jouanne grignotait quelque chose de bon, car Yvon, le pâtour savait la galanterie, et n'eût pas laissé sa mie sans manger toute une gigue. Elle avait, n'en déplaise à votre délicatesse, les doigts et les lèvres tout brillants de graisse. Ça embellit une fillette ! Yvon lui avait acheté une couenne de lard, croquante et bien rissolée, chez la Tardivel, fricotière qui portait pour enseigne :

> *Ceux qui viennent, ceux qui s'en vont,*
> *Mangez du cochon d'Ardevon !*

A quoi la Kermoro, de la Rive, répondait sur son enseigne voisine et ennemie :

> *Mangez du cochon de la Rive,*
> *Qui qui s'en va, qui qui arrive !*

Ce dernier distique contenait un hiatus, mais il se sauvait par un solécisme. Patience ! avant la fin de la fête, la Tardivel et la Kermoro s'arracheront bien un peu de cheveux.

— Fouaces ! fouaces ! fouaces de Saint-Georges-en-Grehaigne !

— Tourtes du vieux bourg de Miniac !

— Au cidre doux, pompette ! au cidre doux !

Les ivrognes qui battent la foule en zigzag, les filles qui s'affaissent en un rire malade, les gars qui jettent le grand cri de joie :

— Au lard ! au lard ! au lard !

Les chapeaux et les bonnets qui volent en l'air, quelques coups d'arquebuse de loin en loin, et le troubadour qui hurle en pleurant :

> À sa dame toujours,
> Le chevalier fidèle...

— Qui veut des grous (1)?
— Qui veut des noces (2) ?
— Qui veut des cimeriaux (3)?
— La galette toute chaude ! Les crêpes de Basse-Bretagne ! au saindoux ! à la cire ! Pain d'épices ! Gâteaux à l'anis ! Cœurs de sucre d'orge ! Mouchoirs de cou pour les filles, épingles à touffes de laine rouge pour les gars, croix d'or, petits couteaux, chapelets, ciseaux, bénitiers, amulettes....

Or, ce n'est pas tout, et nous y voici enfin, il s'agit de *tirer la grenouille*, et les bons garçons du Roz, Marcou en tête, ont défié les Normands au beau milieu du pont. À *tout coup*, parmi les jeux chevaleresques la *grenouille* est assurément le plus beau. Demandez à Jouanne. Les parapets sont combles. Le pont est trop étroit. Allons, les farauds ! Allons les héros !

Du haut de la terrasse de l'hôtel du Dayron, nobles dames et chevaliers contemplent le tournoi rustique. Marcou a jeté son justaucorps de velours, il a saisi le court bâton de cormier, qui est l'arme de cette joute populaire.

Allons ! les Normands ! Allons ! les Bretons ! Les chevaliers se battront demain. Nous autres, aujourd'hui, tirons la grenouille !

(1) Bouillie de blé noir.
(2) Bouillie d'avoine.
(3) Biscuit de froment non levé.

XIX

OÙ L'ON COMMENCE A TIRER LA GRENOUILLE

Si vous voulez vous amuser à *tirer la grenouille*, entre amis et voisins, après votre repas, cela vous fera grand bien. C'est un exercice agréable et salutaire. Marcou va vous donner une leçon.

Il faut d'abord un bâton, court et franc, juste la place de quatre larges mains. Il faut ensuite des pichets de cidre à portée, car la *grenouille* est un jeu où il fait chaud. Il faut une trentaine de gars en belle santé, glorieux, car ça vous donne hardiment du cœur, la gloire ! et qui ne regardent pas à déchirer leur chemise ou leurs chausses à l'ouvrage.

Des filles alentour, bien entendu. A quoi bon tirer la grenouille si Anne-Marie et Louison ne sont pas là pour dire en rhythmes jumeaux, comme les bergères de l'idylle antique :

— Oh là ! là ! Oh mais dame ! dame ! ça c'est vrai, vère, vraiment, pour avoir une bonne poigne, Gabillou a une bonne poigne, je ne mens pas !

— A tout coup, faut pas mentir, quoique ça, oh mais dame ! vère, vraiment, qu'il a une bonne poigne, Gabillou, tout à fait !

Otez à Gabillou Louison et Anne-Marie, les muscles de Gabillou deviendront du beurre.

A Roland le preux il faut Angélique.

Une fois que vous vous serez procuré un bâton, des pichets, trente gars, quinze Louison et autant d'Anne-Marie, choisissez une belle place au soleil. Mettez quatre gars deci, quatre gars delà, et dites-leur de se prendre la main deux par deux.

Y êtes-vous? Bien ! Couchez Gabillou à plat-ventre sur les bras tendus des quatre gars normands, Marcou sur les bras des quatre gars bretons.

Tête-à-tête, digue diguedou ! les yeux dans les yeux !

Donnez le bâton. Au bout du bâton, la main gauche de Gabillou, puis la main droite de Marcou, puis la main droite de Gabillou, et à l'autre bout du bâton la main gauche de Marcou.

En tout, quatre épaules de mouton.

Maintenant, dites à Jean-Pierre d'empoigner la jambe gauche de Marcou; Petit-Louis va empoigner la jambe droite Simon et Morissot rendront le même service aux deux jambes de Gabillou. Voilà qui est bien ! Pour que cela aille mieux, attelez cinq gars aux corps de Jean-Pierre, cinq gars au corps de Petit-Louis, cinq gars à Simon, cinq gars à Morissot.

Et hue ! hue ! hue donc ! Tirez la grenouille ! Tirez ! haïdur ! haïte ! hardi ! hue ! Jean-Pierre ! hue ! Morissot !

Si cela ne suffit pas, appelez les passants, prenez les marmailles et les bonnes gens, les filles, les métayères, tout le monde ! Attelez du côté de Marcou; attelez du côté de Gabillou; attelez, on n'est jamais trop. Et hue ! hue donc ! Tirez la grenouille ! haïte !

Quant à être sur un lit de roses, Gabillou et Marcou, non. Leurs muscles crient, leurs tempes battent. Ils sont un peu dans la position des gens qu'on écartèle.

Mais c'est le plaisir ! Ils tiennent les vrais amis !

Un peu de bonne volonté ! Attelez ! attelez ! Qui pour les Normands ! qui pour les Bretons? Ils tiennent encore !

Et voyons si le mot va bien à la chose? Marcou et Gabillou tirés, grandis, amincis comme la courroie qui va rompre, ne ressemblent-ils pas à deux pauvres grenouilles entre les mains d'enfants bourreaux?

Puisqu'on vous dit que c'est le plaisir ! Ils tiennent toujours !

Gabillou pour la Normandie ! Marcou pour la Bretagne !

Les voilà cinquante sur Gabillou et cinquante sur Marcou.

On nourrit l'espoir légitime que l'un des deux au moins sera
disloqué; peut-être tous les deux. Tirez la grenouille ! haïdur !

Un silence s'est fait, coupé par des clameurs brèves et pleines
d'émotion.

Le pont fourmille. A chaque instant de nouveaux tourmen-
teurs viennent augmenter le nombre des bourreaux de Marcou
et des bourreaux de Gabillou. Marcou est bleu; Gabillou violet.
Mais les héros qu'ils sont, leur bouche ne s'ouvre que pour crier :

— D'autres ! d'autres ! Encore ! encore ! hue donc !

Et d'autres viennent, la queue s'allonge. On parlera de cette
joûte sous le chaume bien longtemps, et le pâtre, dans cinquante ans, ne connaîtra pas d'autre grenouille !

Mais la lutte ne finira pas de sitôt. Gabillou et Marcou se
connaissent. Laissons leurs efforts se lasser, risquons une promenade au travers de la foule, et descendons sur la rive droite
du Couesnon.

Il y avait en sortant du pont une grande vieille toile trouée,
tendue entre deux mâts, représentant le mémorable enlève-
ment des Sabines. Un homme grave et fier, qui connaissait
l'histoire ancienne imparfaitement, expliquait les détails de
cette importante composition. Avant de l'écouter, souvenez-
vous que nous sommes en Normandie.

— Ce qui prouve bien, disait-il, que les Bretons sont des
Anglais manqués, c'est que leur premier roi, Merdoh (1) le
Barbu, vint d'Angleterre sur des pataches, par Saint-Paul de
Léon, port de mer. A bas les Bretons !

— A bas les Bretons ! répéta une portion de la foule.

— Pouille ! pouille ! cria le reste ! Un Breton pour trois Normands !

— Voilà ledit roi Merdoh à la tête de sa clique, reprenait
l'homme fier en drapant ses guenilles pailletées et en montrant
Romulus, remarquez, si vous voulez, la barbe qui le fit sur-
nommer le Barbu. Elle ressemble à une queue de vache noire.
Ayant donc tué toutes les femmes du pays, jusqu'à la dernière,

. (1) Conan Meriadech, fondateur de la monarchie bretonne.

dont vous voyez les tombeaux à droite, dans le lointain, ses soldats se trouvèrent sans épouses. Alors le roi Merdoh fit publier qu'il donnerait un bœuf à qui apporterait une femme. Mais les bœufs du roi Merdoh étaient galeux comme tout ce qui vient de Bretagne. (Applaudissements.) Personne n'en voulut. (Pouille! pouille!) Le roi Merdoh fit publier qu'il paierait chaque femme dix écus d'or. Mais l'or de la Bretagne ne vaut pas le plomb des autres pays. Personne n'en voulut. A bas les Bretons!

Que fit le roi Merdoh! Regardez! le voilà sur le rivage, qui envoie son cousin Morpech, l'homme au casque, là-bas, au roi des Anglais, qui se nommait Tatius, car son nom est écrit sur sa rondache : c'était la coutume du pays.

Morpech alla audit Tatius et lui raconta le cas du roi Merdoh. Les Anglais ont toujours des femmes à revendre, avec des cheveux rouges et de grands pieds, comme il appert par ces portraits que vous voyez au bas de la toile.

L'homme fier montrait, du bout de sa baguette, trois cigognes qui occupaient le devant du tableau et qui représentaient au moins en échantillon, les demoiselles anglaises de ces temps reculés.

—Les Anglais ayant toujours des jeunes personnes à revendre, reprit-il, Tatius en choisit quinze mille nobles, quarante-cinq mille de roture, ce qui faisait en tout soixante mille anglaises rousses et maigres dont il était bien aise de se débarrasser.

— Elles sont toutes là ! ajouta l'homme fier en montrant sa baraque. On les arrima à fond de cale sur six cents vaisseaux. Mais une effroyable tempête, qui se trouve figurée là, dans le coin à droite, porta les six cents vaisseaux sur la pointe de Pen-March, où sont les hommes-loups et la vache enragée. Les personnes qui voudront voir l'horrible traitement infligé aux soixante mille Anglaises à marier par les sauvages de la côte n'ont qu'à se dépêcher d'entrer. Les sauvages sont vivants, les Anglaises sont naturelles et on les égorge devant tout le monde, moyennant le quart d'un denier nantais : les Bretons payent demi-place pour rester dehors.

XX

OÙ L'ON CONTINUE A TIRER LA GRENOUILLE

Une partie de la foule, séduite par cet éloquent discours, s'engouffra sous la toile. On lui montra des serpents de carton et un lapin qui jouait de la clarinette.

— Or çà ! criait de l'autre côté du pont un barde de Quimper-Corentin, vous savez bien que les Normands cagneux viennent tous de Rollon. qui avait une tête d'âne. Voyez plutôt sa ressemblance sur mon tableau ! Il avait une fille nommée Virago, qui ne trouvait pas de mari et vivait en honnête Normande. A bas les Normands ! Levez la tête et regardez au nord; vous voyez bien la mer? Eh bien ! là-bas, entre Carolles et Cancale, à l'endroit où est la mer, il y avait autrefois une grande et riche cité qu'on appelait Hélion (1). elle était défendue par des digues contre la colère de l'Océan (1). Les clés de la digue ne quittaient jamais le chevet de Rollon Tête-d'Ane, qui les mettait sous son oreiller. Voici ce qui advint, mes amis; écoutez et vous en saurez aussi long que moi. On était en guerre. Le chef des ennemis était un jeune duc qui rencontra Virago à la promenade. Elle lui dit :

(1) C'est la légende travestie de la ville d'Is, du roi Grallon et de sa fille Abès.

11

— Voulez-vous qu'on s'épouse, nous deux ! venez me rendre visite en mon palais.

Elle n'avait plus qu'un œil et que trois dents, mais le jeune duc était rusé.

— Par où entrer? demanda-t-il; la ville est fermée de murailles plus hautes que des montagnes.

La Normande répondit :

— Mon cher fiancé, la digue a des portes, lesquelles communiquent à des canaux qui entrent dans la ville. Quand la mer sera basse, ouvrez les portes et n'oubliez pas de les refermer.

— Avec quoi ouvrirai-je les portes de la digue? demanda encore le duc.

— Avec les clés que je vous irai quérir au chevet de mon père.

Les Normands trahissent comme les autres respirent : ils trahissent leur père, leur mère et notre Seigneur Dieu, A bas les Normands !

— A bas les Normands ! répéta de tout cœur la foule bretonne.

— Voici là-bas, reprit le barde de Quimper en montrant son tableau déchiré, voici le vieux Rollon Tête-d'Ane qui dort après boire, et sa fille qui vient lui dérober les clés de la digue. Vous voyez donc bien, mes amis, que ce que je vous dis est la vérité. Quand elle eut volé les clés, la Normande les jeta par-dessus la muraille au duc ennemi qui se garda bien d'entrer, crainte d'être obligé de l'épouser, mais il ouvrit les portes à la mer, et ce fut la mer qui entra, la grande mer. Par quoi la cité d'Hélion est maintenant une ville noyée, dont les matelots aperçoivent encore les clochers à cent brasses sous l'eau par le temps calme.

Ceux qui voudront voir Rollon Tête-d'Ane et sa fille se noyer en blasphémant comme des païens n'ont qu'à entrer. La mer est faite avec de la véritable eau salée, et tous les habitants de la ville, au nombre de quatre-vingt mille huit cents, sont submergés pour tout de bon, excepté un qui dit la bonne aventure.

On entrait au son du tambour et de la crécelle, pour voir un autre lapin qui jouait de la clarinette et d'autres serpents de carton.

Plus loin, un poète chantait les miracles de Merlin.

Plus loin encore, un joueur de harpe disait la mystérieuse et charmante histoire du lac de Landelorn, où la fée Mor-Gane livrait ses trésors à tout venant, depuis le premier jusqu'au dernier coup de midi.

Mais il faut bien que partout il y ait un succès qui dépasse tous les autres succès, une chose en vogue ! La chose en vogue à l'assemblée de Pontorson, c'était l'Ogre des Iles, l'*Homme de Fer*.

Une baraque neuve était là avec un tableau tout brillant qui n'avait encore souffert ni du soleil ni de la pluie et qui portait pour légende : l'*Ogre des Iles dans son palais ténébreux*.

On y voyait le comte Otto, nu jusqu'à la ceinture et pourvu d'une barbe bleue gigantesque. Ce méchant homme tenait un enfant dans chaque main. L'artiste n'avait laissé qu'une jambe à l'enfant de la main droite. L'autre jambe était déjà dans l'estomac de l'Ogre.

Les dents du comte Otto étaient longues et crochues. Il avait des griffes au bout des doigts. A travers sa poitrine ouverte, on voyait son cœur, où le diable était assis commodément.

Le comte Otto marchait sur un sol jonché d'or et de perles. Derrière lui, une troupe de nymphes exécutait des danses antiques. A gauche, une cage de fer contenait les malheureux petits enfants qu'on engraissait pour les hideux repas du monstre.

Autour de ce tableau, une foule immense et impatiente se massait. Il y avait trois grandes heures qu'elle était là, cette foule, grossie incessamment par de nouvelles recrues. Ceux qui arrivaient essayaient d'approcher et poussaient; ceux qui tenaient la place contre-poussaient pour défendre leur position acquise. Chose étrange et qui ne contribuait pas peu à aiguillonner la curiosité générale, depuis le matin ce radieux tableau étalait au soleil ses promesses et ses menaces sans qu'aucun

orateur fût venu faire l'explication d'usage. La galerie, soute-
nue par des tréteaux où le pître vient d'ordinaire essayer les
bagatelles de la porte, restait déserte. La baraque était close.

De toutes parts, les autres propriétaires de *curiosités* luttaient
d'efforts ardents pour attirer la pratique. Ici, rien.

Et pourtant on savait à l'avance que le spectacle devait être
superbe. L'acteur chargé du rôle de l'Ogre des Iles était un
Jersiâs (1) de six pieds de haut. Le rôle de l'enfant mangé
devait être rempli au contraire par le fameux nain Fier-à-Bras
l'Araignoire, loué à raison de deux deniers rennais par représentation.

Pourquoi donc cette porte restait-elle fermée? Les Bretons
sont patients, c'est vrai, mais un jour de fête n'a que douze
heures et chacun dans la foule s'irritait du temps perdu. Les
murmures naissaient, puis s'enflaient, puis se faisaient clameurs. Les Bretons sont patients, mais ils ont mauvaise tête.
On parla bientôt de mettre le tableau en pièces et de démolir
la cabane. Ce projet ayant tout d'abord rencontré d'honorables
sympathies, on monta sur les tréteaux et l'on cria à travers la
toile :

— Rémy, bonhomme Rémy ! si tu n'ouvres pas, ta baraque
va y passer !

Point de réponse. Rémy faisait la sourde oreille.

Les gars donnèrent du pied contre les poteaux de la baraque.
Quand les poteaux commencèrent à branler, le bonhomme
Rémy, vêtu de papier argenté, sortit, la terreur sur le visage.
A sa droite parut le Jersiâs, grand homme louche, saoul et idiot,
à sa gauche le nain Fier-à-Bras.

— Pitié, mes jolis enfants ! s'écria le vieux Rémy; vous ne
savez pas tout le malheur que j'ai !

— Quel malheur as-tu, bonhomme Rémy?

— Las ! las ! mes jolis enfants. je suis ruiné d'honneur et de
finances !

L'émotion lui coupa la parole. L'assemblée lui fit hommage

(1) Jerseyen. — Jerseyais.

de plusieurs douzaines de trognons de pommes pour marquer la part qu'elle prenait à sa peine.

Fier-à-Bras, indigné, s'assit dans la main du Jersiâs, et, du haut de cette tribune, il parla comme suit :

— Manants, écoutez un gentilhomme ! (Tonnerre d'applaudissements.) Ce bêta que voilà (il parlait du Jersiâs) ne demande pas mieux que de me manger, et moi je veux bien que le bêta me mange, mais tout cru... je n'ai pas de vocation pour le métier de gentilhomme rôti.

— Que veut-il dire? se demandait-on dans la foule.

— Je veux dire, manants, répondit Fier-à-Bras, que ce triple mécréant de comte Otto a des hommes d'armes qui ne plaisantent pas.

— Et que nous fait cela? sire Araignoire?

— Cela fait, manants, que si nous représentons devant vous le mystère de l'*Ogre des Iles dans son palais ténébreux*, le comte Otto mettra le feu à notre théâtre. Il l'a promis.

Pensez-vous qu'on ait trouvé depuis lors, des titres de mélodrames beaucoup plus alléchants que celui-là ! La cohue qui avait l'eau à la bouche depuis le matin cria d'une seule voix en trépignant dans la poussière :

— Nous voulons voir cela ! vous voulons voir cela !

Le nain agita sa main avec dignité pour rétablir le silence. Puis il étendit ses doigts vers la rive normande. La foule, qui suivait chacun de ses gestes, tourna les yeux de ce côté. Tout le monde put voir, dans un nuage de poudre, le long des bords du Couesnon, une troupe de cavaliers dont les armes étincelaient au soleil. Ils marchaient sous une bannière rouge, pailletée d'argent.

Des murmures se croisèrent, des murmures d'étonnement et d'effroi :

— Le comte Otto ! l'Homme de Fer ! l'Ogre des Iles !

XXI

OÙ L'ON ACHÈVE DE TIRER LA GRENOUILLE

Notre pauvre histoire se débrouillera comme elle pourra au milieu de cette foule. Si le lecteur trouve qu'elle ne se débrouille pas beaucoup, nous lui ferons observer avec calme que nos personnages sont noyés dans la cohue, qu'ils se cherchent et ne se trouvent pas, que les uns regardent les faiseurs de tours, tandis que les autres, amis de la fricassée, entourent la poêle frémissante, que d'autres tirent la grenouille, que d'autres encore essaient de marcher sur le mât horizontal et tremblant, qu'on a frotté de savon de bout en bout.

Le frère Bruno, soyez-en certains, raconte à quelqu'un quelque bonne aventure. Jeannin, le malheureux, se casse la tête à rêver politique. Un si brave homme! Dame Josèphe cause avec Mme Reine, qui surveille Jeannine, qui pense à Aubry, qui essaie d'écouter Berthe, qui ne sait plus ce qu'elle dit. Javotte regarde Marcou, lequel est aux trois quarts écartelé. Bonne poigne! Ferragus et dame Loïse gambadent dans les grands jardins du Dayron. La vieille suivante de la douairière, son vieil écuyer et son vieux faucon dorment dans trois coins.

Bref, chacun est à son affaire.

La vue de la bannière rouge pailletée d'argent rabattit tout d'abord le caquet de la foule qui entourait la baraque fermée du bonhomme Rémy. La bannière était trop loin encore pour qu'il fût possible de distinguer la devise et les armoiries, mais personne n'avait tenté d'émettre un doute.

C'étaient bien les gens des îles.

Le bonhomme Rémy dut croire un instant qu'on allait le laisser en repos et qu'il en serait quitte pour la perte de sa recette ; mais la troupe d'hommes d'armes, après avoir caracolé un instant dans la plaine, tourna un coude de la rivière et disparut dans la direction des grèves

Tout aussitôt la foule de retrouver courage.

— Et que nous fait l'Homme de Fer? demanda-t-on.

— Un mécréant va-t-il empêcher des chrétiens de se divertir.

— Oh ! vrai Dieu ! le païen ne nous fait pas peur !

— Allons, Rémy, bonhomme Rémy, ouvre ta cahute, ou gare à toi !

Le bonhomme Rémy eut beau larmoyer, le Jersiâs eut beau agiter sa massue en roulant des yeux épouvantables. Fier-à-Bras eut beau se retrancher dans sa dignité de gentilhomme, il fallut obéir.

La foule se rua sur la galerie et entra de force.

— Or ça, manants, dit le nain, nous défendrez-vous, au moins, si l'on nous attaque?

Une belliqueuse clameur lui répondit affirmativement, et la représentation commença. Ceux qui ne purent trouver place se replièrent du côté du pont et augmentèrent l'énorme masse d'amateurs, entassée autour de la grenouille.

On tirait toujours : Gabillou pour les Normands, Marcou pour les Bretons.

Et c'était chose terrible à voir. Les deux attelages s'étaient allongés; ils débordaient du pont dans la plaine.

Marcou et Gabillou, le visage en feu, les veines gonflées, les yeux hors de la tête, n'essayaient plus de cacher leur torture, mais ils ne lâchaient pas prise.

Les deux premiers tenants de Marcou étaient Pélo le bouvier et Mathelin le pasteur des gorets : tous deux du Roz. Ils supportaient juste la moitié de la traction qui pesait sur le pauvre corps du page. Et cette traction ainsi dédoublée, leur arrachait à chaque instant des cris de douleur.

Marcou, lui, ne criait pas. Il est vrai que Javotte criait mi Jésus pour lui, pour Gabillou et pour toute l'assistance. Mais aussi l'enthousiasme était au comble parmi les amateurs. De mémoire d'homme on n'avait jamais vu une grenouille si belle !

Les ménagères parlaient déjà de Josille Bénou, du bourg de la Rive, qui avait été frappé de mort subite en défendant la grenouille à cette même place, et de Julien Reynier, qui avait laissé ses deux bras après la barre, de telle sorte, disaient les ménagères, qu'il rapporta un tronc sanglant à sa pauvre femme qui l'attendait au logis.

— Et faites donc les blés noirs sans bras, ma Jeannette !

— Et vannez donc les orges, la Suzon !

— Ah ! les hommes ! dire qu'ils sont tous les mêmes !

— Tous les mêmes ! jamais ils ne pensent aux pauvres femmes !

C'était pourtant Josille Bénou qui était mort et Julien Reynier qui avait perdu ses deux bras; mais les ménagères plaignaient les pauvres femmes.

— Oh là là ! cria la petite Jouanne, voilà Gabillou qui tire la langue, pas moins ! La vilaine langue qu'il a, et qu'il la tire longue, mon Dieu donc !

— Hardi, Gabillou ! clamèrent les Normands une fois encore.

C'était la fin. Gabillou et Marcou étaient littéralement prêts à rendre l'âme. Les deux attelages firent un suprême effort; le sang partit sous les poignets crispés de Gabillou.

— Tu n'es qu'un failli merle ! dit Marcou d'une voix hâletante; ton sang ne tient pas dans ta peau !

— Tirez, hâlez ! haïdur? hie donc ! haïte !

La tête de Gabillou tomba sur ses bras tendus.

Le blanc de ses yeux était pourpre.

En ce moment, Berthe de Maurever, Mme Reine et Jeannine se montrèrent sur la terrasse du Dayron.

— Bretagne ! Bretagne ! cria Marcou épuisé.

— Tiens ! tiens ! dit un manant dans la foule, voilà la belle Maurever que l'homme de Fer a juré qu'elle serait sa femme !

La tête de Marcou se releva. Il chercha des yeux le parleur.

— Après ! répliqua un Normand, ce n'est qu'une Bretonne... l'homme à la barbe bleue en a épousé de plus nobles et de plus belles !

— Tu en as menti, toi ! râla Marcou furieux.

Par une secousse désespérée, il arracha la barre des mains de Gabillou. Les deux camps rivaux, comme cela arrive invariablement, saisis à l'improviste par le contre-coup, tombèrent pêle-mêle dans la poussière.

Marcou seul se dressa sur ses pieds. Un démon ! Il brandit la lourde barre qui s'échappa de sa main en sifflant, et alla fracasser le crâne du Normand qui avait dit : l'*Homme à la barbe bleue en a épousé de plus nobles et de plus belles*.

Partie nulle ! grenouille manquée ! il faut en effet tenir la barre à la main jusqu'à ce que les deux camps se soient relevés. C'est la règle. La raison? Les règles se moquent toutes de la raison. Elles n'ont pas tort. On emporta le Normand à la tête cassée, on emporta Gabillou qui était sans connaissance. Marcou alla boire et l'on recommença une nouvelle grenouille.

Haïdur !

La plaine, cependant, des deux côtés du Couesnon, s'emplissait de cavaliers. C'était l'heure de la fête noble. Français et Bretons venaient étaler leurs belles armures aux rayons du soleil couchant. Autre façon de lutter.

Entre voisins on ne fait que cela.

Parmi les cavalcades qui manœuvraient à droite et à gauche de la rivière, trois surtout étaient fort remarquables. Deux sur la rive droite : en Normandie; une sur la rive gauche : en Bretagne.

La première se composait de chevaliers français. Par tous pays, elle eût été illustre et brillante. Les noms y resplendissaient bien plus encore que les armures.

C'étaient, du reste, presque tous les nouveaux titulaires de l'ordre de Saint-Michel : le duc de Guyenne, le duc de Bourbon,

le connétable de France, comte de Saint-Paul; Sancerre, Beau-
mont; Châtillon, Estouteville, Lohéac et Chabannes; le sire de
Bourbon, amiral de France; Dammartin, Comminges, Crussol,
Bouillon, la Trémoille, et d'autres.

La seconde cavalcade était formée, disait-on, des hommes
d'armes des îles Chaussey. C'était elle qui portait cette bannière écarlate pailletée d'argent, dont la seule vue avait effrayé
les pratiques du bonhomme Rémy, la bannière du comte Otto
Béringhem.

La troisème le disputait assurément à la première, car les
chevaliers de Bretagne valaient bien les chevaliers de France.

Noble et fière contrée qui n'a plus de nom que dans l'histoire !
Terre royale et ducale qui fut conquise par les tabellions de cour
et les recors d'antichambre, parce que la lance s'était brisée,
parce que l'épée s'était tordue en touchant sa cuirasse de fer !
Pays des saints, des poètes, des soldats ! Patrie du dévouement
héroïque et de la sacrée fidélité ! Ils étaient là, autour de
l'écusson d'hermine, Clisson, Rohan, Dreux, Coulaine, Plœuc,
Coëtlogon, Châteaubriant, Tanneguy du Chastel, Rieux,
Porhoët et Dunois. vieillard qui avait trouvé un asile à la cour
de François II. Ils étaient là, Montauban, Coëtivy, Guébriant,
Saint-Luc, Penthièvre et Beaumanoir; Avaugour et Vertus, les
fils des ducs; Blois et Laval, les cousins du roi; Montbourcher,
Malestroit, Matignon, Léon, Rochefort.

Les deux troupes n'étaient guère séparées que par le canal
large et plat qui pourrait contenir un grand fleuve, mais où le
Couesnon a grand'peine à couvrir les cailloux de son lit. Elles
semblaient s'observer et se défier.

Jeannin, toujours seul, appuyé contre le parapet du pont, les
suivait de l'œil, enfoncé qu'il restait dans sa méditation labo-
rieuse. Il regardait tantôt les chevaliers des fleurs de lis, tantôt
les chevaliers de l'hermine, et une pensée voulait se faire jour
dans son esprit.

Comme elle allait naître, enfin, cette pensée, une rude main
s'appesantit sur son épaule, et la voix du frère Bruno, qui n'avait
pas parlé depuis une grande minute, s'éleva toute joyeuse.

— A la bonne heure ! disait l'excellent frère, je te trouve à la fin des fins, petit Jeannin, mon ami ! Ce n'est pas malheureux ! Je croyais que j'allais faire le pied de grue aussi longtemps que l'écuyer Robin de la Ville-Gille, lequel chercha sa fiancée trois heures durant pour aller à l'église et finit par trouver l'archer Bellebon, en trente-neuf ou trente-huit plutôt... mais c'était sûrement avant l'an quarante... Et l'archer Bellebon n'en eut pas meilleure chance, car il fut marié et enterré dans l'année.

— Eh bien ! s'écria le frère en voyant Jeannin tressaillir comme un homme qu'on éveille, te voilà tout ébaudi, mon fils ! Tu regardes l'eau couler, ma parole... Et je me souviens qu'ici, à la même place, je rencontrai un soir Baudran de Pacé, auprès de Rennes, qui regardait aussi l'eau couler. Je lui dis : « Baudran, mon ami... »

— Combien de temps le roi doit-il rester encore au Mont? demanda Jeannin brusquement.

— Ah ! ah ! fit Bruno, te voilà qui m'interromps comme tout le monde, petit Jeannin ! J'ai vu le temps où l'on n'appelait point cela une politesse... Le roi? Eh ! tu as donc des affaires avec le roi, toi? Tiens ! regarde, si tu as de bons yeux... et je crois que tu as de bons yeux, oui !... Le voilà qui chevauche au milieu de ses barons, là-bas !

— J'avais bien cru le reconnaître ! pensa tout haut Jeannin.

— Quant à savoir le temps qu'il restera chez nous, ma foi, non. Mais je parie que je vais t'apprendre les nouvelles. Parmi ces autres chevaliers qui sont là sur la terre bretonne, vois-tu un casque sans panache, à visière baissée?

— Oui.

— C'est le duc François.

Jeannin tressaillit une seconde fois, et ce mouvement répondait aux pensées qui l'absorbaient naguère. Il se fit de la main un abat-jour et regarda attentivement.

— Sur ma foi ! dit-il, je crois que vous avez raison ! C'est le duc ! Il ne devait pourtant venir qu'après-demain en sa ville de Dol !

Il baissa la voix et ajouta en se parlant à lui-même :

— Ce hasard qui avance son voyage est-il un avertissement du ciel?

— De quoi? fit Bruno; si tu parles entre tes dents, petit Jeannin, je ne t'entendrai pas, car je commence à durcir des oreilles... la gauche surtout, pour un coup de masse d'armes que j'y reçus en l'an quarante au siège de Cesson-sur-Vilaine.

— Le duc ici, pensait Jeannin; le roi là : un filet d'eau entre deux !

— Mais, Dieu merci ! reprit Bruno, ce n'est pas pour bavarder à l'aventure que je te cherchais, petit Jeannin. Dis-moi bien vite ce qui est advenu de ton entretien avec mon compère Gillot de Tours en Touraine, un brave homme ! et qui a du crédit, car il lui a suffi d'un mot pour me faire donner la place de frère-portier, que je désirais, à cause de mes jambes qui ne veulent plus monter.

— Ah ! dit Jeannin qui le regarda en face, vous êtes portier du monastère, à présent, mon frère?

— Depuis huit jours... Et figure toi que pendant tout ce temps-là, je n'ai pas pu mettre la main sur mon compère Gillot, pour le remercier de ses bons offices.

— Connaissez-vous le roi? demanda Jeannin.

Bruno baissa l'oreille. Il lui en coûtait gros d'avouer qu'il ne connaissait pas le roi de France.

— Écoute, petit Jeannin, dit-il, je connais tout le monde, on sait bien cela. Mais le roi... c'est comme un guignon ! je ne l'ai jamais aperçu.

Il se rapprocha et prit l'homme d'armes par le bras.

— Voyons ! voyons ! continua-t-il; va-t-on faire des mystères avec le vieux Bruno? Le mariage avance-t-il?

— Quel mariage?

— Bon ! bon ! c'est une affaire d'État, je le sais bien, puisque c'est moi qui t'ai envoyé le compère Gillot. Je suis au fait : tu peux tout me dire.

— Mais, je veux mourir !... commença Jeannin.

— Nous mourrons tous, mon ami; ne blasphème pas ! Je

parle du mariage du dauphin Charles avec Mme Anne de Bretagne.

Jeannin tombait de son haut. Il n'avait jamais entendu parler
de ce prince ni de cette princesse.

— A l'occasion de quoi, acheva Bruno, tu seras fait chevalier, mon fillot ! C'est moi qui t'aurai valu cela... Et tu t'en
souviendras, car tu es un digne cœur !

— Mon frère Bruno, dit Jeannin, je crois que ce Gillot, de
Tours en Touraine, s'est cruellement moqué de vous.

— Hein? moqué de moi ! Est-ce qu'on ne marie pas le dauphin Charles avec Mme Anne, fille du duc François?

— On verra cela dans vingt ans, si madame la reine accouche
d'un garçon et la duchesse de Bretagne d'une fille, cette pré-
sente année, mon frère.

— *Miserere!* petit Jeannin, s'écria Bruno, si je pouvais
penser que ce vilain râpé de Pierre Gillot...

— Chut ! fit l'homme d'armes; c'est moi qui vous ven-
gerai, mon frère. Le Pierre Gillot est un personnage. Dites-
moi, êtes-vous toujours bon compagnon avec Guy Legriel,
premier sergent des archers de Saint-Michel?

— Nous sommes les deux doigts de la main !

Jeannin jeta un regard vers la terrasse de l'hôtel du Dayron.

— Eh bien ! mon frère Bruno, dit-il, je suis forcé de retourner présentement vers madame Reine, qui m'attend. Revenez ici à dix heures du nuit, nous causerons.

— Dix heures ! y penses-tu? Est-ce que tu ne peux pas
m'apprendre tout de suite?...

— Ce soir, ce soir !

Jeannin salua du geste et se dirigea vers le portail du Dayron.

Son front s'était éclairci. Une idée qu'il jugeait merveilleuse
avait surgi dans son cerveau.

Bruno se disait :

— Le fait est que le dauphin Charles et Mme Anne de Bretagne sont encore bien jeunes... mais en l'an vingt-huit, à
Martigné-Fer-Chaud, Joël Douarain et Charlot de la Coustre,
qui étaient compagnons, se jurèrent le jour de leurs noces de

marier leurs enfants, et j'ai vu ces épousailles-là au mois d'août de l'an quarante-six : le fils de Joël, la fille de Charlot; un joli couple. Attendons : quand on vit, on voit.

A l'hôtel du Dayron, la terrasse regorgeait de nobles dames et de seigneurs. On s'y occupait beaucoup aussi des trois cavalcades. Berthe de Maurever et Jeannine s'étaient rapprochées. Elles suivaient de l'œil avec une curiosité inquiète, la la troupe des gens de Chaussey qui remontait en ce moment le cours du Couesnon et s'avançait vers la terrasse.

En un certain moment, le vent déroula les plis de la bannière écarlate, pailletée d'argent. Le soleil couchant faisait briller les lettres de la devise.

On put lire ces quatre mots qui semblaient écrits en caractères de feu :

À LA PLUS BELLE !

Berthe et Jeannine échangèrent un rapide regard.

Ce regard fut intercepté par un beau jeune homme au visage pâle et fier, qui s'accoudait au balcon de la terrasse et qui fixait depuis longtemps sur les deux jeunes filles ses yeux noirs, ardents et hardis.

Il eut un étrange sourire.

YXII

MESSIRE OLIVIER

Le beau jeune homme, appuyé contre la galerie de la terrasse, avait nom le baron d'Harmov.

Il faut que le lecteur nous pardonne de lui présenter si tard un si important personnage. Notre récit, jusqu'à présent, manque, à proprement parler, de héros, car messire Aubry, Jeannin et Fier-à-Bras l'Araignoire ne sont pas des héros de roman. Peut-être ce brun et pâle Olivier, à défaut d'autre, nous servira-t-il de héros.

Il paraissait avoir vingt-cinq ans, tout au plus, bien qu'en l'examinant de près, on découvrît sur son visage quelques plis précoces et des traces de fatigue. Il était grand et portait avec une merveilleuse grâce sa riche livrée de chevalier.

Le dessin de sa figure offrait tout l'opposé du type breton. Les pommettes s'effaçaient pour laisser l'angle frontal saillir hardiment, selon le modèle germanique; le nez était droit et fin; le menton se relevait en bosse, donnant à cette physionomie un peu molle une force soudaine et une expression de volonté résolue. Sa bouche et ses yeux se chargeaient d'adoucir ce que le bas de son visage pouvait avoir de trop rude. Sa bouche souriait comme la plus jolie bouche de femme. Ses yeux noirs, au regard ardent et profond, rêvaient et donnaient, hélas! à rêver.

12

Il portait la barbe découpée à la manière des gens de l'est, et ses cheveux d'un noir de jais, tombaient en boucles sur son front. C'était déjà faire preuve d'esprit que d'éviter ces deux lourdes, roides et sottes masses de cheveux roux que les peintres collent à la joue de tous les malheureux qui vivaient en ce temps-là : les peintres de la couleur locale.

Messire Olivier avait, en conscience, bien d'autres mérites ! Il tenait la lance à miracle; il était à cheval comme un dieu. Pour tout dire en un mot, les charmantes et nobles dames qui abondaient à l'hôtel du Dayron n'avaient de regards que pour messire Olivier, baron d'Harmoy.

Or, les dames ne se trompent point. Celui qu'elles daignent remarquer est assurément remarquable. Il faut avoir cela pour dit.

D'où venait-il, cependant, ce beau chevalier? On ne savait trop. Le quinzième siècle n'était pas, à beaucoup près, si curieux que les siècles suivants. A une bonne épée on ne demandait guère : D'où sors-tu? Il n'y avait point d'intendants royaux pour éplucher les quartiers de noblesse, et d'Hosier était à naître.

Il est possible, d'ailleurs, que le baron d'Harmoy n'eût pas admis volontiers le droit d'indiscrétion. Il était gentilhomme; il se mêlait à la cour du roi de France. Le motif de son séjour à Avranches, où il demeurait, était sans nul doute sa dévotion à l'archange saint Michel.

Nous disons qu'il demeurait à Avranches. Il y avait, en effet, sous le château, un magnifique hôtel loué par lui et très richement équipé. Mais les fenêtres en étaient ordinairement closes. Le baron d'Harmoy allait, venait. Personne n'aurait su dire au juste ce qu'il faisait ou ne faisait point.

Nous n'affirmerions pas que ce grain de mystère ne fût pas pour un peu dans la vogue dont il jouissait.

Quoi qu'il en soit, cette vogue était complète. Tous les hommes étaient à sa suite; toutes les dames se disputaient son sourire.

Madame Reine se disait, à le voir si parfait cavalier :

— Ah! si seulement mon fils Aubry savait ainsi se porter avec grâce et plaire à tous.

Et messire Aubry était un peu comme sa mère; il ne voyait point de plus brillant modèle à imiter que ce bel Olivier, baron d'Harmoy.

Vers cinq heures après midi, les mille jeux qui animaient la plaine, au-dessous de la terrasse du Dayron, firent trêve. En revanche, les cuisines foraines poussèrent leurs fourneaux avec violence. Des flots de vapeur noire et grasse s'élevèrent de toutes parts. C'était l'instant de la réfection. Les belles dames rassemblées sur la terrasse, n'ayant point de flacons de sels pour combattre l'effrayante odeur de marmite qui se répandit dans les airs, furent obligées de lâcher pied et de se réfugier à l'intérieur des appartements.

On fit cercle. La collation fut servie.

Le baron d'Harmoy était resté seul sur la terrasse. Il songeait. Ses yeux demi-fermés noyaient leurs regards à l'horizon. Des paroles confuses venaient mourir sur ces lèvres, mais personne n'était là pour l'entendre murmurer.

— Berthe est plus belle; Jeannine est plus jolie; laquelle est la plus charmante?

Autour de la collation, l'entretien allait au hasard et revenait toujours à ces mystères impénétrables des îles Chaussey. La troupe de l'*Homme de Fer*, avec sa bannière étincelante et sa devise si heureusement trouvée selon les règles de la galanterie chevaleresque, occupait tous les esprits. Chacun disait ce qu'il savait sur l'Ogre des Iles. Les légendes les plus singulières se croisaient.

Le jour baissait. Le crépuscule qui tombait produisait sur l'auditoire son effet ordinaire et mettait dans les poitrines une émotion vague. A mesure que l'obscurité augmentait, le cercle se serrait; les voix devenaient plus sourdes. On frissonnait déjà, ce qui est bien aussi un plaisir.

— Il y a quelqu'un ici, dit le seigneur du Dayron à demi-voix, quelqu'un qui en sait plus long que personne sur la retraite du comte Otto Béringhem.

— Qui donc? qui donc?

Berthe et Jeannine toutes seules parmi les dames ne for-
mulèrent point cette question. Elles savaient peut-être de qui
parlait le sire du Dayron.

Le sire du Dayron promena son regard autour de la salle.
Au lieu de répondre, il dit :

— Où donc est messire Olivier?

Les dames n'avaient pas attendu cela pour s'apercevoir de
son absence. On chercha des yeux, mais en vain.

— Est-ce que messire Olivier connaît le comte Otto, de-
mandèrent plusieurs voix de femmes.

— On le dit, répliqua le seigneur du Dayron.

— On dit vrai, prononça une voix grave et douce qui fit sau-
ter sur leurs sièges Berthe de Maurever et Jeannine.

Le baron d'Harmoy était entre elles deux. Chacun le regardait désormais avec une sorte d'effroi et le silence régnait dans
la salle.

— On dit vrai, prononça une seconde fois messire Olivier
qui parlait bas et avec lenteur; je connais le comte Otto Béringhem.

Dame Josèphe de la Croix Mauduit recula son siége.

— Est-il possible ! fit-on à la ronde.

— Vous plaît-il, mesdames, de savoir comment je l'ai
connu? demanda le baron d'Harmoy.

— Certes, certes !

Le cercle entier frémissait de curiosité.

— Je vais donc vous le dire : C'était une nuit du printemps
dernier; je chevauchais tout seul dans les grèves, courbé sous
cette tristesse des gens qui ont été trop tôt jusqu'au fond de
la vie, et qui n'espèrent plus, parce qu'ils sont las de désirer.
C'était grande marée. J'entendis la mer au lointain, elle venait;
mon cheval souffla et voulut fuir : je lui brisai les dents sous
le mors. Il resta. J'attendis la mer. La mer vint, grande et
sombre, comme je l'attendais. Je fus content. Je me sentais
vivre, maintenant que j'étais si près de la mort.

— Je comprends cela ! s'écria Aubry.

— Pas moi ! pensa dame Josèphe.

Olivier poursuivit :

— Mon cheval se mit à la nage. Moi, je contemplais l'Océan sourd, uni comme une glace, sans vagues, sans écume, et je pensais à tous les trépassés qui dorment sous cet immense linceul.

On ne meurt. qu'une fois, dit-on. Moi, j'ai vingt-cinq ans, et je sais déjà comment on meurt par l'eau, par le fer et par le feu.

J'ai été poignardé ; j'ai été incendié ; j'ai été noyé.

Il fit un silence et l'on entendit le bruit des respirations pressées. A droite et à gauche, Jeannine et Berthe s'étaient éloignées de lui.

Aubry se sentait attiré invinciblement vers cet homme. Il se disait :

— Je serai son ami !

Madame Reine admirait aussi. C'est une chose curieuse l'admiration arrachée aux gens trop sages par la folie ! Madame Reine, avait bien un peu de frayeur, mais, moins elle comprenait les excentricités de ce mystérieux personnage, plus elle était subjuguée.

Il n'y avait que la douairière de la Croix-Mauduit pour regarder le conteur avec froideur et défiance.

Dans tout le reste de la salle l'attention était vivement excitée. Parmi cette lumière sombre et vague que rendaient encore les grandes croisées ouvertes, la tête de messire Olivier apparaissait plus pâle et plus belle.

— Mais ce n'est pas de moi que je veux vous parler, reprit-il. La nuit était calme. Les nuages qui couvraient la lune en tamisaient les rayons et rendaient l'obscurité visible. Mon cheval s'épuisait. Nous étions au nord du mont Tombelène, à mille pas du rivage.

Tout à coup, et je crois rêver encore quand j'y songe, le silence se remplit de sons harmonieux. Des voix fraîches et douces, se mariaient aux accords voilés des luths. Moi, qui étais là pour mourir, je me demandai si ma dernière heure avait passé inaperçue et si j'avais franchi, sans le savoir, le seuil du monde inconnu. Les nuages glissaient au ciel, variant leurs bordures irisées.

La lune se montra dans un petit lac d'azur, et je vis à cent pas de moi, une barque pavoisée qui nageait comme un cygne, sur l'eau tranquille. Mon cheval, qui n'avait plus de force, rendit un gémissement ; il se débattit ; la mer passa sur sa tête, puis sur la mienne...

Je m'éveillai dans cette barque pavoisée, dernier objet qui avait frappé mes regards. C'était la galère de plaisir du comte Otto Béringhem, seigneur des Iles. On avait allumé des flambeaux. Tout autour de moi c'étaient de jeunes et charmants sourires...

Messire Olivier s'arrêta encore. Il passa la main sur son front où ses cheveux noirs ruisselaient. Sa voix vibra comme un chant, quand il poursuivit, sans prendre la peine de chercher une transition :

— Parmi les chênes énormes, derniers débris de la forêt druidique, anéantie par l'Océan, un palais s'élève blanc comme la neige. L'œil se fatigue à compter les innombrables colonnes qui soutiennent les arcades de ses portiques, et quand le soleil de midi, perçant le feuillage jaloux, vient jouer dans cette forêt de marbre, on croit aux enchantements des poètes.

Est-ce une relique des merveilles d'Hélion, la ville décédée?

Si vous voulez y aller voir, demandez aux matelots ce géant de granit, ce roc noir, dont le front sourcilleux apparaît, quand on passe au nord de Chaussey. Les matelots appelaient ce roc l'Homme de Fer bien avant la venue du comte Otto dans nos contrées. C'est là, au pied de ce roc dont la tête sévèrement, car sa base est enfouie dans les fleurs; c'est là que la barque pavoisée prit terre. Il n'est point au monde de lieu plus charmant. La mousse y est épaisse, le jour timide, l'air embaumé. Les flancs du rocher s'ouvrent à la cascade qui va chantant sur l'albâtre des cailloux, parmi les blanches anémones et les iris azurés. Le vent y souffle, tour à tour tiède et frais, toujours parfumé comme l'haleine même d'Enta...

Enta, la beauté deux fois divine ! Enta, la déesse des immortels caprices, à qui nos pères, les guerriers du Nord, offraient le sang des colombes. Enta, brune après le crépuscule du soir, blonde au jour, dès que le soleil vient baiser ses cheveux...

En disant cela, messire Olivier regarda tour à tour Berthe et Jeannine. Puis il reprit :

Quand la lumière se voile, vers l'heure où nous sommes justement, quand souffle la brise tiède des nuits d'été, la base du roc devient un autel. Je l'ai vu. Et j'ai vu les prêtresses de ce temple : Alma, la perle de Florence, Virgen, la topaze de Castille, Haydé, dont le front est de bronze ; toutes, elles viennent célébrer dans le sanctuaire mystique l'éternelle fête de la déesse Enta.

Messire Olivier reprit haleine. Dans la nuit qui était tout à fait venue, certains voyaient briller étrangement la prunelle de ses yeux. D'autres croyaient ouïr un conte de fée.

— Voire ! dit cependant dame Josèphe de la Croix-Mauduit ; ce qui se rapporte est donc vrai ? Et ce comte Otto Béringhem n'est pas un chrétien, puisqu'il entretient, sur son domaine, pareille idolâtrie ?

— Non, répliqua le baron sans hésitation ; ce n'est pas un chrétien.

— Alors, reprit la vieille douairière, pourquoi l'épée des chevaliers reste-t-elle au fourreau ?

— Parce que les chevaliers ont peur, répondit encore messire Olivier.

Il y eut un long murmure dans les ténèbres. Et pourtant pas une voix ne s'éleva pour crier à messire Olivier qu'il en avait menti. On savait bien que l'Homme de Fer était protégé par Satan.

— Et... demanda la douairière en hésitant un peu, est-il beau cavalier, ce païen-là ?

Les prêtresses, répliqua le baron d'Harmoy, qui composent le vivant collier de la déesse Enta, disent que jamais homme ne leva si haut un front mortel. Quant à moi, je n'ai point aperçu son visage. Son casque ne relève sa visière que devant la prière d'une dame... Mais qui sait? d'ici à peu de jours, quelque noble demoiselle du pays breton ou du pays normand saura peut-être faire mieux que moi le portrait du comte Otto en revenant des Iles !

Cette fois une voix s'éleva pour protester, une douce voix qui ne tremblait pas.

— Les nobles demoiselles du pays breton, dit Berthe avec tant de calme que messire Olivier se mordit les lèvres de dépit, ne reviennent pas de si loin que cela. Elles savent mourir en route, messire.

Madame Reine se leva et alla embrasser Berthe. Aubry ne bougea pas; il avait dix-huit ans. C'est l'âge heureux et dangereux. Le mal, pour les yeux de dix-huit ans, brille comme ces miroirs avec lesquels on prend les alouettes. Aubry était peut-être du parti de la Déesse Inconnue, contre sa mère, sa fiancée et Dieu.

Messire Olivier se tourna du côté de Berthe et salua courtoisement sans répondre.

— Voici maintenant, poursuivit-il, comment les bardes des Iles racontent l'histoire du comte Otto Béringhem.

XXIII

TEUFELGAU

— Le père du comte Otto, continua messire Olivier, était le margrave Cornélius, qui fut brûlé pour fait de sorcellerie, vis-à-vis du portail de la cathédrale de Cologne. Le comte Otto n'avait pas encore quinze ans, quand il poignarda les trois juges qui avaient condamné son père. Le premier, qui était Karl Spurzheim, procurateur du prince-évêque, fut tué sur les degrés de la cathédrale de Liège ; le second, le chanoine Schwart tomba sur le calvaire de Mannheim ; le troisième, l'archiprêtre Heinrich de Heilbronn, fut mis à mort au pied de l'autel...

— Horreur ! horreur ! disait-on tout bas dans le salon.

Mais on écoutait.

Olivier, baron d'Harmoy, parlait d'une voix lente et froide.

— Je vous transmets, nobles dames, reprit-il, ce que chantent les trouvères des Iles : rien de plus, rien de moins. Leurs vers sont harmonieux et leurs harpes sonores. La ville d'Hélion, la cité mystérieuse qui obéit aux lois de l'Homme de Fer, ne veut point ouïr d'autre histoire... Quand le comte Otto eut tué les trois juges de son père, il envoya le cartel des proscrits à l'empereur d'Allemagne, et gagna les monts du Harz avec ses compagnons. Il y avait dans le Harz une jeune fille nommée Hélène ; elle était belle ; le comte la prit pour femme à la face des chevaliers. La nuit des noces, Hélène s'endormit auprès de l'Homme de Fer et ne s'éveilla plus. La nuit suivante, le comte Otto coiffa son casque et sortit de sa retraite tout seul. Il allait avoir seize ans.

Entre les deux plus hautes montagnes du Harz, le Hund et la Ziége, se creuse cette fente prodigieuse que les bûcherons appellent Teufelgau, la vallée du Diable.

Le comte Otto y vint à minuit, avec une fiole et un livre. Il avait fiché son épée dans le tronc du dernier arbre de la forêt. Il ouvrit son livre : un voile sanglant cacha la lune.

Il versa sur la terre trois gouttes de la liqueur contenue dans la fiole : la terre trembla.

Le margrave Cornélius, son père, mort, passa devant lui sur un cheval dont les crins flamboyaient.

— Salut ! monseigneur, cria le comte, vous êtes vengé !
Puis il ajouta :

— Monseigneur, je vous prie, est-il un paradis et un enfer ?
Le margrave était loin déjà; cependant le comte Otto l'entendit qui répondait.

— Il est un enfer !

— C'est bien, dit-il; alors Satan existe : je veux le voir.

Il appela Satan par trois fois dans la nuit silencieuse et profonde. Les tombes du cimetière d'Arau, qui est au versant de la montagne, rendirent des gémissements. Le vent plia les cimes des arbres, et la nue déchirée lança un tonnerre, mais Satan ne vint pas. Le comte se dit : « Satan a peur de moi. »

Il lacéra les pages de son livre et les foula aux pieds; il brisa la fiole contre un quartier de roc et reprit son épée. A ce moment, la lune blanche reparut dans l'azur du ciel et le comte Otto vit, sous le dernier arbre de la forêt, une femme endormie. Elle était si belle que le comte Otto sentit fléchir ses genoux.

— Satan ne m'a pas répondu, pensa-t-il; si je parlais à Dieu?...

Il est dans Harz une grotte bénie ou saint Gunther a laissé ses os. Un ermite jeûnait et priait dans cette grotte, le cilice

aux reins, la croix sur la poitrine. Il avait nom Rudolphe le
Pieux et faisait des miracles. Le comte Otto se mit en selle et
tourna la tête de son cheval vers la grotte de l'ermite.

Mais savez-vous? Satan a une fille. Quand Satan est absent
et ne peut répondre aux conjurations des mortels, sa fille vient
à sa place. Satan était quelque part, au-delà du Rhin, prési-
dant un conciliabule de francs-juges, et faisant une pointe
au poignard qui tue les rois dans l'ombre.

C'était la fille de Satan qui était couchée sous le dernier
arbre de la forêt. Elle entendit peut-être que le comte Otto
prononçait le nom de Dieu dans son cœur. D'un bond elle
se plaça au-devant du cheval, et jetant une guirlande de
fleurs autour du cou de Béringhem, elle l'entraîna loin de
l'ermitage.

Rudolphe le Pieux sonna sa cloche, sentant qu'il y avait
une âme en peine aux alentours. Mais la fille Satan sauta en
croupe derrière Otto et se mit à chanter. Otto n'entendit pas le
son de la cloche. La fille de Satan lui donna une aiguille en
métal rouge, cent fois plus précieux que l'or pur, puis elle le
conduisit au plus profond du Teufelgau, à un endroit où il n'y
avait ni un buisson, ni une touffe de bruyère, ni un brin d'herbe.
Les cimes des deux montagnes, le Hund et la Ziége dominent
ce lieu et surplombent de chaque côté, ne laissant voir qu'une
bande du ciel. Un trou rond, en forme de puits, s'ouvre sous
une roche noircie par l'haleine des maudits car ce trou est la
porte de l'enfer.

— Vois-tu le trou, seigneur comte? demanda la fille de
Satan.

Il faisait si noir que le comte Otto ne voyait pas même ses
pieds. La fille de Satan étendit sa main droite vers le Hund, sa
main gauche vers le Ziége. Les cimes des deux montagnes
s'allumèrent comme deux énormes flambeaux.

— Je vois le trou, dit le comte avec calme.

Il n'avait pas peur. La fille d'enfer reprit :

— Quand tu voudras voir Satan, ne t'embarrasse pas de
conjurations ni de grimoires. Pique la grosse veine de ton bras

gauche avec l'aiguille que je t'ai donnée, et laisse tomber une goutte de ton sang dans le puits en disant : *Airam* (1) !

— Airam ! répéta le comte Otto pour graver ce nom dans sa mémoire.

Les deux montagnes s'éteignirent et fumèrent, comme deux souches de bois vert qui ont cessé de flamber. La fille de Satan avait disparu.

Le lendemain, dès que la brune tomba, le comte Otto prit le chemin du Teufelgau. La lune était sous de grands nuages noirs. Le comte eut peine à retrouver le trou qui est la porte de l'enfer. Quand il l'eut trouvé, il mit son oreille contre terre et il entendit bien le fracas de la ronde éternelle que les damnés dansent autour du trône de Satan. Il se piqua la grosse veine du bras gauche. Une goutte de sang tomba dans le puits, d'où s'élança un tourbillon de vapeur. Le comte respira cette vapeur et devint ivre. Il cria pourtant : *Airam !*

A ce mot, un formidable éclat de rire éclata au-dessus de sa tête. Le comte Otto leva les yeux. Il vit, sur le ciel embrasé soudainement, une colossale silhouette qui se détachait en noir. Le géant était debout. Son pied droit s'appuyait à la cime du Hund, son pied gauche au sommet de la Ziége, le Teufelgau passait entre ses deux jambes écartées.

— Es-tu Satan? demanda le comte Otto.

Le géant répondit :

— Je suis Satan.

Sa voix fit trembler les deux montagnes sur leur base. Mais le comte Otto ne trembla pas. Le roi du mal lui demanda :

— Que veux-tu?

— Je veux, répliqua le comte, que tu me montres l'endroit où est tout l'or de la terre.

Satan courba son échine puissante. Sa large main saisit le comte Otto par la ceinture et l'enleva dans les airs. Puis il déploya ses grandes ailes qui frappaient l'air avec le bruit de la

(1) C'est le nom de la vierge retourné : Maria Airam. Cet anagramme cabalistique était regardé en Allemagne comme la plus irrésistible de toutes les conjurations.

foudre. Son vol, plus rapide que la pensée, laissa derrière soi le Harz, et, se dirigeant au sud-est, franchit la Bohême, les monts Carpathes, tout blancs de neige, la Hongrie et le pays des infidèles. La mer Noire était sous ses pieds. Des nuages où il était, il se laissa tomber dans les flots, qui s'ouvrirent comme pour la chute d'une montagne.

... Au fond de la mer Noire il est une voûte immense, bâtie de jais et de porphyre sombre. Cette voûte descend, spirale mystérieuse et infinie, jusqu'à ce lac de feu qui est le noyau de la terre et qui est l'enfer. L'eau de ce lac, c'est l'or vif en fusion. Par d'étroits canaux, cet or monte et s'infiltre çà et là jusqu'à l'écorce du globe. Ce sont les mines.

L'enfer est d'or.

Et tout l'or vient d'enfer.

Satan posa le comte Otto sur la rive ardente du lac et lui dit :

— Es-tu content?

Les yeux du comte battaient, éblouis. Cependant il répliqua :

— Non, je ne suis pas content.

— Pourquoi? demanda le père du mal.

— Parce qu'il n'y a pas assez d'or.

Satan regarda le comte avec admiration.

— Ma fille m'avait bien dit que tu valais treize réprouvés, à toi seul! s'écria-t-il; ce lac est vaste, pourtant !...

— Il a des bornes.

— Tout a des bornes.

— Mon désir n'en a pas !

Satan battit des mains. Puis il demanda encore au comte Otto :

— Que veux-tu?

— Tout a des bornes, répondit le comte, excepté la passion de l'homme. Je veux que ma passion soit la mesure de mon opulence.

— Alors, tu veux faire toi-même de l'or?

— Je le veux.

Satan réfléchit longtemps.

— J'ai promis à ma fille de faire tout ce que tu voudrais, dit-il enfin; mais je suis obligé de le proclamer moi-même : il n'y a qu'un Créateur.

— Alors, repartit le comte, ramène-moi au Teufelgau, que j'aille me prosterner au pied des autels où l'on adore le Créateur. S'il est tout, tu n'es rien !

Satan réfléchit une seconde fois et plus longtemps.

— Écoute, reprit-il comme malgré lui, on fait de l'or avec du sang !...

Messire Olivier essuya quelques gouttelettes de sueur qui perlaient à son front et poursuivit :

— Satan dit encore au comte Otto :

— Bien loin vers l'ouest, aux rivages de la Bretagne, il est une ville morte qui se nomme Hélion. Dans les ruines de cette ville habite un vieillard deux fois centenaire qui a le secret de la sublime science. Deux mortels ne peuvent pas connaître à la fois ce mystère. C'est la loi. Va, prends-lui son secret, tu seras mon maître.

— Pour lui prendre son secret, demanda le comte, faut-il sa mort?

— Il faut sa mort, répondit Satan.

Le comte Otto passa le Rhin, traversa la France et vint au pays de Bretagne. Il cherchait une ville morte qui avait nom Hélion. Personne ne sut lui dire où était cette ville.

Il visita Bellisle et la Petite-Mer (Morbihan), Quiberon, Groix, Glénan, la pointe redoutable de Penmarch, Sen, la païenne, le bec du Raz, où la mer tourmentée et folle lance son écume jusqu'au ciel, Ouessant, la reine des tempêtes, Abervrach, l'île de Baz et Saint-Pol, les Sept-Iles, Bréhat, Fréhel, Saint-Malo, le rocher vaillant, Cancale, la gracieuse cité qui regarde en riant le grand tombeau des Grèves. Nulle part il ne rencontra Hélion, la ville morte.

Une nuit, derrière le mont Saint-Michel, le brouillard couvrait la mer montante. Otto sauta dans une barque et rama vers le large. Quand le brouillard se leva, il aperçut au loin une lueur sur la mer. Otta tourna la proue de sa barque vers cette lueur. Il prit terre dans la plus grande des îles Chaussey. Il

vit des arbres séculaires, des r·chers couveits de mousse, des grèves désertes : partout la solitude et le silence. Comme il se demandait d'où pouvait venir cette lueur qu'il avait aperçue, une horloge invisible sonna les douze coups de minuit.

— Airam ! Airam ! s'écria le comte Otto en frappant du pied la terre.

Un vieillard à longue barbe blanche était devant lui. Et le comte Otto vit bien, à ce moment, parmi les grands arbres, des arcades brisées et ces hautes colonnes de granit rose qui entouraient le temple du Soleil dans la ville d'Hélion, quand Hélion était une ville vivante.

Le vieillard dit au comte Otto :

— Je t'attendais, ma fosse est creusée là, sous l'If de Bel. Tue-moi, mon fils : c'est mon dernier soupir qui dira mon secret.

Le vieillard entr'ouvrait sa robe de lin pour montrer la place de son cœur. Le comte Otto tira son glaive...

Ici messire Olivier se tut, parce que les portes de la salle s'ouvraient pour donner passage aux valets du Dayron qui apportaient des flambeaux. La lumière des flambeaux éclaira le cercle haletant et saisi. Hommes et femmes penchaient en avant leurs têtes attentives où la passion de savoir le disputait à l'horreur.

Nous devons avouer pourtant que Dame Josèphe de la Croix-Mauduit s'était endormie et rendait un ronflement de qualité seconde, la première qualité étant réservée au suzerain, pour peu qu'il daigne ronfler.

La belle figure impassible et fière de messire Olivier dominait le trouble de l'assemblée. Il promena autour de lui son regard souriant, et acheva la phrase commencée :

— Le comte Otto tira son glaive et le plongea dans le cœur du vieillard.

FIN

TABLE DES MATIÈRES

6. — Imprimerie Félix Lainé, Chartres. 5.12.1925.

www.ingramcontent.com/pod-product-compliance
Lightning Source LLC
Chambersburg PA
CBHW070846030726
47504CB00005B/1238